Michelangelo in Love

Historischer Roman

von

CM Groß

Bibliografische Information der Deutschen Bibliothek:

Die Deutsche Bibliothek verzeichnet diese Publikation in der Deutschen Nationalbibliographie; detaillierte bibliografische Daten sind im Internet über< http://dnb.ddb.de >abrufbar.

Impressum

© 2021 by – Books on Demand GmbH

2. Auflage

Autorin: CM Groß

Zeichnungen CM Groß

Beratung: Reinhold Redlin-Fluri

Herstellung und Verlag: BoD - Books on Demand, Norderstedt

ISBN 9783753496955

INHALTSVERZEICHNIS

Die Leser erleben auf wenigen Seiten Episoden aus dem Leben von Michelangelo Buonarroti und Vittoria Colonna, der ersten Frau im Rom des 16.Jahrhunderts.

Ich nahm mir die Freiheit die Probleme des 15. und 16. Jahrhunderts in Europa aufzuzeigen und auch die ereignisreichen Jahrhunderte davor, um Ihnen die nicht erfüllte Liebe von Michelangelo zu der geniale Frau, Vittoria Colonna von der bisher wenig bekannt ist, vorzustellen.

Dieser Roman ist das Porträt einer großen Dichterin, die ihr Leben dem Glauben widmete und in ihrer Liebe zu zwei Männern keine Erfüllung fand. Ich hatte das leidenschaftliche Bedürfnis über diese Frau zu schreiben, die ihrer Zeit weit voraus war.

Sie liebe Leser müssen meine Meinung nicht teilen – Sie sollten sich nicht verletzt fühlen, wenn ich viele Ereignisse sehr konkret angesprochen habe. Als wissbegierige junge Frau wurde Vittoria die Lektüre bestimmter theologischer Schriften untersagt. Unverwandt nahm man ihr diese Bücher einfach weg, das war für sie ein Verlust, der ihr Unmut bereitete und sie zu einer Kritikerin des Klerus werden lies. Vittoria war expressiv, sie besaß die Fähigkeit in ihren Sonetten, von Leidenschaft getrieben, ihr Inneres auszudrücken.

Dabei führte sie eine scharfe Feder, die sie immer zum Ziel brachte. Vittoria Colonna war eine außergewöhnlich attraktive Persönlichkeit, denn sie hatte die Gabe in ihren herrlichen Gedichten und ihren wunderbaren Briefen Michelangelo Buonarroti zu motivieren. Die Genialität lag in ihrer bescheidenen Art zu leben. Sie litt seelisch unter der Untreue ihres Ehemannes, wie selten ein Mensch. Vittoria Colonnas unaufhörliches Streben nach Selbstdisziplin, Bescheidenheit, Tapferkeit und Weisheit machten sie zur bedeutendsten Frau von Rom in der ersten Hälfte des 16. Jahrhunderts. Obwohl sie auf jede erdenkliche Weise die Reformation von Luther in ihrem Gesprächskreis vorantrieb, entging sie der Inquisition. In der Gruppe ihres Gesprächkreises waren Künstler, geistliche Würdenträger und Reisende aus ganz Europa. Allen stand Vittoria Rede und Antwort. Sie war ganz zufällig unter allen Katholiken wohl auch die am strengsten Gläubige. In der Zeit, in der in Europa die Renaissance in voller Blüte stand und das Mittelalter langsam in der Vergangenheit versank, sammelten die Anhänger der Reformation ihre Kräfte gegen den Klerus, ohne Furcht vor dem Heiligen Offizium der

Inquisition, das erbarmungslos regierte. Vittoria Colonna hatte keine Angst vor der Inquisition. Als ihr ein Pater eröffnete, dass sie als Anhängerin der lutherischen Lehren entdeckt wurde und jetzt wohl in das Heilige Offizium geladen würde, antwortete sie:

„Dann werde ich mich vor dem Großinquisitor rechtfertigen, denn ich glaube an Gott und die Dreifaltigkeit!" Vittoria Colonna hätte auch die Inquisition aus der Fassung gebracht, denn sie hätte die Frevler Lügen gestraft mit der Feststellung; „Ich bin keine Lutheranerin sondern eine weltoffene Römerin!"

Michelangelo gehörte zu ihren Gesprächskreis, er liebte diese unerschrockene Frau, die irdische Drohungen nicht fürchtete. Selbst der Papst hatte Respekt vor ihr und noch mehr Sorge vor einem Skandal, die Enkelin des Papstes Martin V. abzuurteilen. Er ahnte, dass zu Vittorias Kreis auch junge einflussreiche Geistliche des Vatikans gehörten, die Luthers Lehren für gut hießen.

Der Papst wusste aber auch, wenn er Vittoria Colonna zur Verantwortung zog, hatte er viel zu verlieren.

Denn ihre Aufrichtigkeit, Bescheidenheit, Frömmigkeit und ungewöhnliche Intelligenz trat bei jeder Begegnung mit ihr offen zutage. So entschied der Hohe Rat der Inquisition Vittoria Colonna nicht öffentlich anzuprangern, er stellte ihr unmissverständlich anheim sich ins Kloster zurückzuziehen.

CM Groß

Castello Aragonese d' Ischia

Die Geschichte des Castello Aragonese begann 474 v. Chr. Zu dieser Zeit wurde die 115 m hohe Befestigung auf einem der Insel vorgelagerten Lavakegel erbaut. Auf dem Castello herrschten Tyrannen, Adlige, Geistliche und Nonnen. Die Inselbevölkerung von Ischia benutzte die Festung, um sich bei Gefahren zurückzuziehen. Das Castello diente als Schutz vor Plünderungen der Seeleute und dem letzten Ausbruch des höchsten Berges der Insel, dem Epomeo, der im Jahr 1301 die Insel völlig zerstörte.

Auf dem nahe gelegenen Vulkanberg Epomeo lag dichter bläulicher Herbstnebel, er schien liebkosend festgehalten zu werden von den unzähligen Wipfeln der Zypressen, Kiefern und Palmen. Der Nebel verflüchtigte sich erst zu einem dünnen zarten Schleier, als die dichten Baumgruppen zurücktraten, um den Hütten des Fischerdorfes Ponte Platz zu lassen. Über dem Dorf, stolz und frei auf einem Lavakegel erbaut, thronte das Castello mit seinem stumpfen Turm, den Kapellen, den mächtigen Flügelbauten und dem Wall.

Die herrlichen Gärten und Terrassen, die hinter den bedrohlichen Mauern zum Meer abfielen, waren den Blicken der Neugierigen verborgen.

Die Natur hatte hier verschwenderisch ihre Reize verstreut. Wer diesen Glanzpunkt mit dem Blick auf die Festung und die Insel, heute am verschleierten Herbstmorgen gesehen hätte,

den Nebel umwallende Vesuv am Horizont und das Castello, über dessen Terrassen die Ranken des wilden Weines wucherten sowie die Purpurbanner, die im Wind flatterten, der würde diesen Fleck Erde den Namen Paradies geben.

Das Castello und seine Bewohner

Constanza, die junge 30-jährige Herzogin und Herrin vom Castello Aragonese hielt in den zitternden Händen das Testament ihres Bruders, Alfons V. von Aragonien – der Großmütige. Tränen flossen aus den schönen Augen. Ihr langes dunkles Haar hatte sie zu einem Knoten gebunden, die schwarze Kleidung, die sie seit dem Tod ihres Mannes, dem Prinz von Taranto trug, ließ sie noch schlanker erscheinen.

Im angemessenen Abstand stand der Kammerdiener und hielt einen elfjährigen Knaben an der Hand. Der Knabe zitterte am ganzen Leibe. Tränen liefen über sein zierliches Gesicht. Constanza blickte auf, näherte sich dem Knaben und strich zärtlich über dessen Haupt. Ihre Stimme war wie ein Hauch. „Francesco, nun sind wir beide ganz allein!" Bei diesen Worten schluchzte der Angesprochene laut auf, seine Hand fasste nach der gepflegten Hand der schönen jungen Frau. Ihr Bruder verfügte, dass Francesco bis zur Volljährigkeit auf dem Castello leben und Constanza, seine Schwester, die Regentschaft und Erziehung übernehmen möge. Constanza führte Francesco aus dem zugigen Raum. Sie schritten über die Terrasse der Olivenbäume zur Kirche Santa Maria della Libera. Beide knieten nieder und baten die Mutter Gottes um Schutz. Constanza war im Gebet versunken, noch immer schluchzte der Knabe neben ihr. Constanzas Inneres bäumte sich auf, sie betete.

„Warum geschieht mir so viel Leid? Viel zu früh verloren wir unsere Eltern, dann starb mein geliebter Mann, nun mein Bruder Indigo. Mutter Gottes du hast das Castello vor der Vernichtung durch den Vulkan Epomeo geschützt, warum bürdest du uns dieses Los auf?"

Der kleine Marquise Francesco blickt gar erstaunt drein, als er seinen ersten Schultag in der Klosterschule auf dem Festland, weit weg vom Castello verbringen soll.

„Kloster, Examen, geht das nicht auch mit einem Privatlehrer auf dem Castello?"

Dann sah der aufgeweckte Knabe vielen Gleichaltrigen gemeinsam spielen. „Spielen die mit mir Ritter und Vasallen?", wand er sich an Constanza und den Abt des Klosters. „Das wird sich finden", erwiderte der Abt freundlich und rief einen anderen Mönch herbei.

„Das ist Pater Benedikt, dieser wird Francesco in seine persönliche Obhut nehmen."

Der Pater stellte Francesco in Latein auf die Probe. Schnell erkannte er, dass der Knabe noch keine Regeln, aber bereits Vokabeln und Redensarten kannte. Auf die Frage des Gelehrten, woher Francesco, dass alles wisse, entgegnete der Gefragte. „Von meinem Vater, ich habe zugehört, wenn er seinem Sekretär Briefe diktierte und die besonders schönen Worte habe ich mir eingeprägt."

Pater Benedikt lächelte wohlgefällig und teilte dem Abt und Constanza später mit. „Nun für die Syntax noch nicht, aber für die Grammatik ist der Marquise schon reif."

Vor der Verabschiedung von Constanza warf der Pater Francesco ein dünnes Mäntelchen aus schwarzem Flausch über die Schultern. „Diesen wirst du in der Klosterschule immer tragen; ut ex ense miles, sie ex pollio dignoscitur – wie an dem Schwert den Soldaten, so erkennt man den Schüler am Kleid!"

Danach zeigte ihm Pater Benedikt sein Bett und wies ihm seinen Platz im Studierzimmer, mit den Worten zu, „ich hoffe – er wird sich ordentlich aufführen!" Die Augen von Francesco blitzten, als er aufmüpfig reagierte, „das braucht ihr mir nicht erst zu sagen, ich bin ein Kavalier!"

Nun wollte er sehr schnell zu den anderen Knaben eilen. „Ciao, Herr Abt und Constanza!", wand er sich an die beiden, die sein Tun verfolgt hatten, und streckte seine kleinen Händchen dem Abt entgegen. Der Pater raunte dem Knaben zu, „ihr müsst dem Hausvater die Hände küssen!" Francesco schüttelte den Kopf. „Mag ich nicht!" Constanza, die hinter dem Abt stand, wurde rot. Der Abt drehte sich in dieser peinlichen Situation auch noch lächelnd zu ihr um. Danach schritt der Würdenträger ohne Gruß in seiner herben Stattlichkeit, Stirn runzelnd aus dem Studierzimmer, ihm folgte der Pater und zögerlich Constanza. Der Abt musste den Beiden etwas gereizt erwidern, um seine Fassung nicht zu verlieren. „Ich fürchte, wir haben uns da einen schönen Rangen eingehandelt!" Da drangen aus dem Studierzimmer fröhliche Stimmen, Francesco war angekommen und hatte Freunde gefunden.

Seine Ferien von der Klosterschule verbrachte Francesco auf dem Castello, mit Fechtunterricht, Reiten und Fischen. Mit dem jungen Festungskommandanten Lorenzo, der sich mit

Geologie beschäftigte, ging er in seiner Freizeit in die Pinienwälder am Fuße des Epomeo spazieren. Auf einer Lichtung machten es sich die Beiden bei einem Picknick bequem. Der aufgeweckte Francesco diskutierte schon den ganzen Weg mit Lorenzo über die Geschichte des ruhmreichen Roms und den Klerus sowie seine Zweifel.

„In den vergangenen Monaten lehrte uns Pater Benedikt die Geschichte der Päpste. Ich weiß nun ganz sicher, der erste Apostel war Petrus. Jesus soll zu ihm gesagt haben – auf diesem Felsen will ich meine Kirche bauen – wie kann das sein?"

Der 26-jährige Lorenzo stammte aus einer sehr gläubigen römischen Familie. So erklärte er dem Knaben die Zusammenhänge.

„Das meinte Jesus sinnbildlich. Petrus war der Anführer der Apostel und nach seinem Tod sollte, nach den Worten von Jesus, ein neuer Anführer der Gläubigen gewählt werden. Diesen nennen wir heute Papst.

Nero zündete Rom an und machte später die Christen dafür verantwortlich, sie wurden gejagt. Paulus, der ein römischer Bürger war, wurde enthauptet und Petrus gekreuzigt. Deshalb gedenken wir immer am 29. Juni, dem Todestag, dieser Märtyrer. 100 Jahre nach dem Tod von Jesus formulierte Papst Clemens I., mit seinem Brief an die Korinther, die Vorstellung der römischen Kirche. Und mit dem Toleranzdiktat von Mailand und dem Bau der Sankt Peter Basilika in Rom, legte Kaiser Konstantin der Große einen weiteren Grundstein für die römisch katholische Kirche."

„Lorenzo das ist ja alles richtig, aber ich weiß, dass es zu dieser Zeit bereits Machtkämpfe um den Heiligen Stuhl gab, kannst du mir dazu etwas erzählen?"

„Ja, deshalb wurden auf dem ersten Konzil auch die Unruhestifter verurteilt!" Die großen Päpste des fünften Jahrhunderts stammten aus adligen Familien. Sie sahen sich als spirituelle Führer, aber sie konnten sich das Römische Reich ohne Kaiser nicht vorstellen. Die Päpste wurden gewählt und vom Kaiser begutachtet und bestätigt. Kaiser Justian Konstantinopel stellte sich über den Papst, seiner Meinung nach war der Apostelpapst nur ein römischer Senator. Dann gab es die Rivalität zwischen Rom und Konstantinopel. Die Päpste vertraten die Meinung, dass sie zwei Wesen zu verkörpern hatten, denn auch in Christus war das

Menschliche und Christliche vereinigt. Je mächtiger die Päpste in Rom wurden, um so weniger hatte der Kaiser zu sagen."

„Wir hörten von Pater Benedikt, dass Abila vor Rom stand, aber Leo der Große rettete die Bürger von Rom vor dem Schwert der Hunnen und festigte damit auch die Kirche, so wie Jesus es wollte, zu einem wahren Fels. Jedoch gab es immer wieder zahlreiche Angriffe gegen die Kirche. Insbesondere in der Zeit der Abdankung des letzten weströmischen Kaisers im Jahre 476 bis zur Krönung von Karl den Großen im Jahr 800 in Rom."

Lorenzo war erstaunt, was Francesco in der Klosterschule gelernt hatte und wie sicher er sich ausdrückte. „Wisst ihr, die kirchliche Machtansprüche der Kaiser von Konstantinopel, der aufkommende Islam, die Ansprüche der Goten und Langobarden endete im Bilderstreit und damit kam es zu einer Spaltung zwischen Rom und Konstantinopel."

„Ja, ich weiß, dass was Karl der Große für Rom tat, war leider nur von kurzer Dauer.

Pater Benedikt erzählte uns nicht warum, kannst du mir das erklären, lieber Lorenzo?"

„Es folgte für das Papsttum ein dunkles Jahrhundert. Um auf den Stuhl von Petrus zu kommen, wurde in Rom geraubt, vergewaltigt sogar gemordet. Selbst eine Frau soll zu dieser Zeit Papst gewesen sein. Der gesamte Kirchenstaat war verweltlicht. Kirchenämter wurden gekauft, Prunksucht und Hurerei gaben in Rom den Ton an. Damit kam es zum endgültigen Bruch zwischen Rom und Konstantinopel. Die deutschen Kaiser bedrängten die Päpste. Du hast doch bestimmt schon von Heinrichs-Gang nach Kanossa - gehört und der Besetzung Roms?"

„Ja, aber Pater Benedikt erzählte uns nur das, wo die römische Kirche glorreich hervorging!"

„Das glaube ich. Das schlimmste Ereignis war, als Papst Urban II. mit den Kreuzzügen begann. Damit wurde die weltliche Macht der Päpste gestärkt. Sie erdachten das Konklave. Dann ging alles sehr rasch. Die Kathaer wurden als Ketzer verfolgt."

„Ich weiß Lorenzo, zu dieser Zeit gründete Franz von Assisi seinen Orden."

„Das hat euch Pater Benedikt also erzählt? Franz von Assisi war ein ganz besonderer Mensch. Hat er euch auch erzählt, dass zur gleichen Zeit drei Päpste das Amt von Petrus innehaben wollten? Bis 1441 das Konzil in Konstanz zusammentrat und Martin V. zum rechtmäßigen Papst wählte. Mit bürgerlichem Namen hieß Martin V., Oddone Colonna. „Da fällt mir ein, eure Tante erwartet heute Besuch vom Festland, wir müssen uns sputen!"

„Noch ein Wort, lieber Lorenzo. Warum kann ich mit dir so offen sprechen? In der Klosterschule sind mir diese Gedanken verboten."

„Lieber Francesco, das werdet ihr erst später verstehen. Reden ist Silber und Schweigen ist Gold! Viele Edelleute wurden schon Opfer ihrer schnellen Zunge und als Ketzer verfolgt. Vergesst das nie!"

„Wie kannst du Lorenzo, mit den Lügen leben?"

„Ganz einfach, bei meiner letzten Wallfahrt nach Rom habe ich an einem Tag sieben Kirchen aufgesucht und bin die 28 Stufen zur Skala Sankta hinaufgerutscht und dabei habe ich ehrfürchtig jede Stufe geküsst.

Oben angelangt habe ich für mein Seelenheil ein Pater Noster gebetet und eine handvoll

Ablassbriefe für jede Lebenslüge gekauft". Dabei öffnete Lorenzo sein Wams und zeigte Francesco die vom Vatikan gezeichneten Schriftstücke.

Die Herzogin stand mit ihrem Neffen an der Brüstung des Castello. Viel Zeit war vergangen, die Verantwortung für das Castello nahm ihre ganze Aufmerksamkeit in Beschlag. Ihr war es zu einer lieben Gewohnheit geworden, abends mit dem zwölfjährigen Francesco an der Brüstung zu stehen und über das Meer zum Festland, über den Golf von Neapel bis zum Gipfel des Vesuvs zu schweifen.

„Liebste Tante, schau von der Insel Procida kommt ein großes Segelschiff", rief Francesco begeistert. Constanza wartete schon lange auf dieses Schiff. Ein Bote hatte ihr am Morgen, den Besuch angekündigt. Die elfjährige Vittoria war Francesco versprochen. So nahm die Herzogin auch die zukünftige Braut von Francesco unter ihre mütterlichen Fittiche. Vittoria Colonna wurde 1490 bei Rom geboren. Ihr Vater Tabizia, Nachfahre von Papst Martino V. und die Mutter, Agnese die Montefeltro, hatten ihre Tochter 1495, kaum fünfjährig dem damals sechsjährigen Sohn Francesco, des Indigo d'Avallos, zur Ehe versprochen. Das Schiff ging vor Anker, ein Boot wurde zu

Wasser gelassen, Kisten entladen. Francesco entdeckte eine kleine zierliche Person, die von einem Matrosen auf das Boot getragen wurde.

Neugierig beobachtete der Knabe das Geschehen. Constanza bestimmte, dass Francesco sich in seine Gemächer begibt, festlich kleidet und zum Abendmahl erscheint. Sie selbst eilte den Ankömmlingen entgegen.

Vittoria hatte schon viel über die Herzogin Constanza gehört und deren Neffen Francesco. Sie verstand nicht, warum sie diesen Francesco heiraten sollte. Vittoria fügte sich den Willen ihrer geliebten Eltern und nahm sich vor, ihn freundlich zu begrüßen.

Die Gruppe der Ankömmlinge stieg den steilen Festungsgang empor. Im Sonnenlicht der Terrasse stand eine wunderschöne Frau. Vittoria erkannte die Herzogin, die sie bereits auf einem Porträt gesehen hatte. Constanza streckte dem Mädchen freundlich die Hände entgegen. Vittoria erfasste sie zögerlich. Sie schaute sich um, in diesem dunklen Castello sollte sie nunmehr leben?

Ihr fehlte Schloss Marino, gelegen am Nordhang des Sees Albano. Am liebsten wäre sie davongelaufen, aber wohin? Traurig blickten ihre schönen grünen Augen die Herzogin an. Diese sprach freundlich zu dem Mädchen: „Liebe Vittoria, ich habe für dich und deine Zofe Räume richten lassen, ruhe dich von der langen Reise aus. Ich lasse dich zum Abendmahl, das im großen Saal der Casa de Sol serviert wird, von unserem Kammerdiener abholen". Vittoria wurde eine Zimmerflucht im Castello zugewiesen. Die Kammerfrau, die sich ihrer fürsorglich annahm und ein Bad bereitete, hieß Catarina.

Mit ihrem Liebreiz hatte Vittoria sofort das Herz von Catarina gewonnen. Vittoria betrachtete Catarina. Ganz jung war sie nicht mehr aber auch noch nicht alt. „Du bist sehr nett", sagte Vittoria dankbar, „bist du schon lange auf dem Castello im Dienst der Herzogin?"

„Schon über 10 Jahre gnädige Signorina", antwortete die Gefragte freundlich. „Erzähle mir über Francesco", bat Vittoria, während sie sich wohlig in das warme Wasser kuschelte. „Oh, er ist ein liebenswerter Junge, mit guten Manieren." Vittoria begann zu träumen. Nach geraumer Zeit, als das Wasser zu erkalten begann, stieg sie aus der Wanne. Catarina trocknete ihren zierlichen Körper ab. Ihre Zofe Antonella hatte bereits die Kleidung ausgepackt und alles geordnet. Plötzlich ergriff Vittoria eine große Unruhe. Sie war aufgeregt, sie konnte sich nicht mehr konzentrieren. Wird sie Francesco gefallen? Nein, sie will ihm ja gar nicht gefallen, vielleicht verzichtet er dann auf sie und Vittoria kann wieder nach Marino.

Sie kleidete sich mit Hilfe ihrer Zofe Antonella an, das lange gold schimmernde Haar wurde zusammengesteckt, nur die kleinen Löckchen schauten keck unter der weißen Haube hervor. Vittoria sah aus wie ein kleiner Engel. Dann setzte sie ihre Puppe auf einen Stuhl und flüsterte leise. „Nein heute kann ich dich nicht mitnehmen, ich lerne meinen zukünftigen Mann kennen". Ungeduldig wartete sie an der Tür und träumte, dabei überhörte sie das Klopfen des Kammerdieners, der sie zum Saal führen sollte. Der dunkle Gang wollte nicht enden. Eine große Tür öffnete sich vor Vittoria, sie stand in einem riesigen Raum, in der Mitte war ein festlich gedeckter Tisch mit Früchten und Leckereien. Herzogin Constanza stand im Raum und neben ihr Francesco. Vittoria errötete. Francesco sah sie freundlich an und verbeugte sich höflich. Vittoria machte einen Knicks, verfing sich dabei in ihrem Gewand und hatte das Gefühl zu stürzen. Francesco fing sie auf. Sie hauchte: „Danke". Durch diesen Zwischenfall mussten die drei jungen Menschen lachen, damit war das Eis gebrochen. Vittoria erzählte von der Schiffsreise, von Rom und ihrer Familie. Francesco und die Herzogin lobten die Terrassen des Castellos. Für den nächsten Tag waren die Besichtigung des Castellos, die Terrassen der Olivenbäume, des Sonnenpfades und der Besuch der Kirche Santa Maria della Libera, vorgesehen. Müde und zufrieden sank Vittoria mit ihrer Puppe im Arm, leise seufzend, „Francesco ist himmlisch", in den Schlaf.

Der Fremde

Herbststürme ließen das Meer aufbäumen, wieder einmal war der Vulkan Vesuv ausgebrochen. Die riesigen Wellen überspülten die Brücke zwischen Castello und dem Festland von Ischia Ponte. Der Aufenthalt im Freien war für die Menschen der Festung unangenehm. Die drei jungen Menschen saßen in dem gemütlichen Salon von Constanza vor dem Kamin. Vittoria stickte an einem Bild. Constanza las ein Buch und Francesco schaute versonnen über das tosende Meer. Vier Jahre lebte nun Vittoria auf dem Castello. Constanza war ihr eine liebe Freundin geworden. Die schrecklichen Bilder der Kindheit, die schlimmen Tage bei der Flucht ihres Vaters aus Rom nach Neapel, als Vittoria acht Jahre war, sind verblasst. Francesco wurde für sie ein großer Bruder. Er hatte die Aufgabe des Beschützers für die Damen übernommen. Viel Zeit verbrachte er mit seinen Studien der Fecht -und Reitkunst, Rechtswissenschaften und Geologie. Er besuchte immer öfter Gelehrte, Künstler und Freunde in Neapel. So war er selten auf dem Castello. Die wenige Zeit, die verblieb, verbrachte er mit seinen zwei liebsten Menschen, Constanza und Vittoria. Constanza lud öfter Dichter, Maler und Bildhauer, Freunde ihres verstorbenen Gatten auf das Castello ein. Durch diese schöngeistigen Kontakte wussten die Bewohner des Castellos, was in Rom modern war, und erhielten Informationen. Francesco und Vittoria liebten diese Abwechslung.

Plötzlich trat der Kammerdiener ein. Constanza legte das Buch zur Seite und schaute auf. „Gnädige Herzogin, ein Schiff gibt Signale, es ist in Seenot!", rief er außer Atem. Diese Nachricht machte alle betroffen. Die Damen schlugen ihre Tücher um die Schultern und eilten zum Festungswall. Der Sturm tobte. In der Dunkelheit sahen die Frauen Lichter aufblitzen. Francesco eilte zum Festungskommandanten, sie suchten Freiwillige, die bereit waren, auf das stürmische Meer zu fahren und das Schiff zu retten. Constanza und Vittoria zitterten vor Angst und Kälte.

Sie konnten Francesco nicht davon abhalten, die Rettungsaktion selbst zu leiten. Die Frauen sahen, wie er mit dem Festungskommandanten und Freiwilligen das Schiff zur Rettung flott machte. Immer wieder trieb die Brandung das Schiff ans Land zurück. Langsam, sehr langsam näherte es sich dem Schiff auf dem offenen Meer.

Der Wind auf dem Castello wurde immer eisiger, es hatte zu regnen begonnen. Die Frauen verspürten nichts, nur Angst um Francesco saß ihnen in den Gliedern. Sie hielten sich an den Händen und beteten: „Liebe Mutter Gottes, hilf Francesco das Schiff zu retten und bringe ihn uns gesund wieder!" Bange Stunden vergingen, die Frauen waren in den warmen Salon zurückgekehrt, ihre Gedanken weilten bei Francesco und dem Schiff in Not. Der Sturm hatte zugenommen, Blitze zuckten vom Himmel. Da öffnete sich die Tür sanft, durchnässt stand Francesco vor den Frauen, er hatte einen Fremden mitgebracht.

Der Kammerdiener half dem Fremden aus dem Ölzeug. Vor den Frauen stand ein stattlicher, schlanker Mann. Er verneigte sich, griff nach der Hand von Constanza und hauchte einen Handkuss darauf. „Ich bin ihnen dankbar auf ewig, ihr ergebener Michelangelo Buonarroti aus Florenz, Bildhauer des Papstes Julius II."

Der Tag begann zu dämmern, die Sonne schickte vom Vesuv ihre zarten Strahlen aufs Meer. Francesco stand an der Mauer des Castellos. Das Meer hatte sich beruhigt, die Fischer kehrten vom Fischfang zurück und brachten ihren reichlichen Fang an Land.

Das fremde Schiff schaukelte friedlich im Hafen. Francesco spürte nicht, dass der neue Freund hinter ihm stand. „Ex oriente lux!", hörte er dessen sympathische Stimme.

Michelangelo hatte sich durch einen erfrischenden Schlaf von den Strapazen der Nacht erholt. Francesco erklärte dem Gast die Insel, erzählte von schönen Buchten und Legenden. Michelangelo war fasziniert. Beide Männer beschlossen, die Damen aufzufordern, gemeinsam einen Ausflug auf der Insel zu unternehmen. Vittoria war sofort Feuer und Flamme. Constanza hatte Gäste eingeladen, Künstler aus Neapel, Rom und der Toskana und musste sich um die Vorbereitung kümmern. Sie bedauerte, die kleine Gesellschaft nicht begleiten zu können.

Eine kleine Kutsche wurde mit einem Esel bespannt und losging die Fahrt nach Ponte. Francesco erwies sich, als ein guter Reiseleiter, er erklärte, dass die ca. 150 m lange künstliche Landzunge, die Ischia - Ponte mit der Festungsinsel verbindet, im Auftrag seines Vaters erbaut wurde und eine bis dahin bestehende Holzbrücke ersetzte.

Am Hafen erfuhr Michelangelo, dass die Reparatur des Schiffes noch einige Tage in Anspruch nehmen würde.

Vorbei an der Quelle von Cassamicciola ging die beschwerliche Kutschfahrt über die unbefestigten Wege nach Lacco Ameno.

Die romantische Seele von Vittoria zeigte auf ein Gebilde im Meer. Von den Wellen umspielt stand unweit vom Strand im Wasser ein Fungo, ein Pilz.

Francesco erklärte, „das ist ein Scherz der Natur, oder wie die Legende erzählt, zwei junge Liebende, erfahren tiefe Leidenschaft, ernten Hass und Missgunst, sie entscheiden sich deshalb gemeinsam im Meer zu sterben. Die mitleidige

Natur umschloss sie in diesem Fungo, auf dass ihre Liebe auf Ewig währen möge".

Michelangelo konnte sich an diesem schönen Ort nicht satt sehen, er nahm seinen Skizzenblock aus der Tasche und begann den eigentümlichen Tuffsteinblock, der die kreative Macht von Wind und Meer wiedergab, zu zeichnen.

Fischer winkten den jungen Leuten vom Castello und ihrem vornehmen Gast zu. Frauen brachten Vittoria Obst an die Kutsche, alle liebten und verehrten die Herrschaften vom Castello und die bildhübsche Vittoria. Weiter ging die Fahrt über den Berghang nach Forio.

„Das Wahrzeichen von Forio, der Torrino wurde im Jahr 1480 erbaut. Forio war ein strategisch günstiger Ort und die Mineralquellen hatten eine wundersame Heilkraft. Im Jahr 1480 überfielen die Sarazenen die Insel, so dass die Einwohner von Forio in die versteckten Höhlen des Monte Epomeo flüchten mussten", erklärte Francesco seinem Gast und wies mit der Hand auf das zweite Wahrzeichen des Ortes hin.

Vittoria hakte sich bei Michelangelo ein. Sie berichtete, dass vor neun Jahren ein heftiger Wirbelsturm ein Holzkruzifix vor der Kirche angeschwemmt hatte. Seit diesem Zeitpunkt sei die Kirche eine Seefahrerkirche, wo die Frauen ihrer Männer gedenken, die von der See nicht mehr heimkamen.

Francesco ergänzte, „beim Sonnenuntergang will ein Glücksritter den grünen Strahl, von der Schutzmauer der Kirche, beobachtet haben.

Es handelt sich hierbei um ein unerklärliches Phänomen, das sich nur bei bestimmten Konditionen von Licht und Atmosphäre erleben lässt.

Wenn die Sonne vollkommen hinter dem Meereshorizont verschwunden ist, erscheint plötzlich ein blitzschnell erlöschender intensiver grüner Lichtschein. Wer ihn sieht, soll vom Glück gesegnet sein."

Vittoria wollte dieses Glück erleben und bettelte ihre Begleiter bis zum Sonnenuntergang zu warten, dabei zog sie ein süßes Schmollmündchen. Michelangelo und Francesco lachten. „Nein Vittoria, wir müssen vor Einbruch der Dunkelheit auf dem Castello sein, Constanza braucht unsere Hilfe beim Empfang der Gäste", sagte Francesco liebevoll.

Das Fischerdorf Sant Angelo war ihr nächstes Ziel. Die Sonne stand im Zenit. Francesco hatte den Ort der Engel als Rastplatz auserkoren. Vittorias Zofe und der Festungskommandant waren über den Ort Baron gekommen und hatten am Meer einen reichlichen Tisch decken lassen. Michelangelo trank den lieblichen ischitanischen Wein.

Er schwärmte, „Sant Angelo ist ein paradiesisches Kleinod, die sanfte Brandung im kleinen Hafenbecken und der abwechslungsreiche Blick zwischen Meer und sattem grünen Berghängen versetzt mich in unendliche Ruhe."

Die Erschöpfung und den Segen des Ortes empfanden auch Vittoria und Francesco, die seit den Morgenstunden auf den Beinen waren. Sehnsuchtsvoll schweifte Vittorias Blick über das Meer in die Ferne.

Capri, das mal täuschend, ja fast gefährlich nahe, mal auf Wolken schwebend über den Horizont davon zu schwimmen schien.

Francesco zwinkerte Michelangelo zu. Dieser wendete sich verstehend an den Jüngeren, „lieber Freund, können wir nicht übermorgen, zu dieser himmlischen Insel segeln?" „Wenn Vittoria das wünscht, dann gern", erwiderte er. Vittoria schaute liebevoll und dankbar die beiden Männer an, die ihren heimlichen Wunsch erraten hatten.

Es dämmerte schon, als die kleine Gruppe ins Castello zurückkehrte. Vor dem Castello verabschiedeten sich Vittoria und Francesco von Michelangelo. Sie waren erschöpft von dem Tagesausflug und verspürten den Drang, sich zu erfrischen und für die Abendgesellschaft umzukleiden.

Die Sonne schickte ihre letzten Strahlen über das Meer. Michelangelo setzte sich an den Strand und bewunderte den prachtvollen Anblick des Castellos, das in Purpur getaucht war.

Er nahm seinen Skizzenblock heraus und begann zu zeichnen. Dabei merkte er nicht, dass es sich ein gelb gescheckter Vierbeiner neben ihm bequem gemacht hatte.

Erst das Hecheln des Hundes holte den Mann aus seiner Versunkenheit zurück.

 Michelangelo schaute in zwei treu blickende Hundeaugen, „wer bist du denn?" Der Hund hörte die warme Stimme und rückte näher an den Mann heran. Michelangelo hörte die Brandung, er sah die silbern glänzenden Wellen und lies sich wieder in seine Traumwelt zurück gleiten. Mensch und Tier verschmolzen in der Dämmerung zu einer Silhouette. Der Künstler erwachte aus einem schönen Traum, er erhob sich und schritt weit aus seinem Schiff entgegen. Der Hund tat das Gleiche, hielt jedoch ehrfürchtig zwei Meter Abstand.

Als der Mann auf dem Schiff verschwunden war, legte sich der Hund, ohne einen Blick vom Schiff zu wenden nieder. Viel Zeit verstrich, der festlich gekleidete Michelangelo erschien wieder an Bord.

Der Hund spitzte die Ohren, streckte sich und erwartete seinen neuen Bekannten. Der Ankommende musste lächeln, „hast du auf mich gewartet, Bella?"

Die so genannte Hündin, wedelte kräftig mit dem Schwanz, ließ ihre weißen Zähne blitzen und leckte die Hand des Mannes. Michelangelo fuhr mechanisch mit der Hand durch das zottige Fell, gemeinsam liefen sie nach Ponte zum Castello. Vor der Zugbrücke blieb der Hund stehen und legte sich am Festungstor nieder. Der Mann schickte ihm ein Kopfnicken als Gruß, das der Hund mit leisem Bellen und Schwanzwedeln beantwortete. Geh nur – ich bewache das Tor und warte auf dich.

Vittoria war so jugendfrisch, so gesund an Seele und Leib, so dass sie die Erschöpfung des Tagesausfluges kaum verspürte. Sie freute sich auf die Gäste vom Festland. Schriftsteller, Musiker, Maler und Bildhauer, die im Laufe des Tages angereist waren.

Da auf einmal zitterte etwas durch die feuchte Abendluft, eine Frauenstimme, ein heller Sopran, „Ave Maria", klang es aus dem Fenster.

Vittoria überglücklich von den Erlebnissen des Tages, probte noch einmal ihr Lied, mit dem sie den heutigen Abend, den Ersten der Saison, eröffnen wollte.

Vor dem kunstvollen schmiedeeisernen Gitter ging die Schildwache auf und ab und lauschte andächtig dem Gesang. Michelangelo trat in diesem Moment aus dem Tor, der Anstieg zum Castello war beschwerlich und er wollte sich eine Verschnaufpause gönnen.

Je hielt er inne, als er die liebliche Stimme von Vittoria vernahm. Noch benommen von der feenhaften Stimme, saugte er gierig die mediterrane Nachtluft ein. Seine Schritte lenkten ihn zur Kirche der Madonna della Libera. Im Gebetsstuhl fiel er auf die Knie. Das liebenswerte Gesicht der Madonna, mit den vorgestreckten Händen, erinnerte ihn an seine verstorbene Mutter. Er sprach automatisch die Gebete, die sie ihm lehrte. Er hielt Zwiesprache über die Madonna mit seiner verstorbenen Mutter. Sie gebar fünf Söhne und starb, als Michelangelo sechs Jahre alt war. Sein Vater heiratete wieder. Die Stiefmutter, Anna Lucrecia und die dominante Großmutter erzogen die fünf Knaben. Michelangelo vermisste die Liebe und den Schutz der Mutter. Er riss sich von seinen Träumen los.

Der Abendgesellschaft beizuwohnen, widersprach seinem Gefühlszustand. So beschloss er, Constanza seine Aufwartung zu machen und sich mit der Begründung wichtiger Studien, zu verabschieden.

In dem Augenblick, in dem Michelangelo den Festsaal betrat, beendete Vittoria ihren Vortrag, die Gäste applaudierten stürmisch. Michelangelo erkannte unter den Gästen den Dichter Ariost, den Historiker Guiciardini, den Verfasser der Christias, Vida und Giovanni Rucelli, der an der Tragödie „Rosamunde" schrieb, sowie den Verfasser medizinischer Schriften, Facastoro und weitere ihm bekannte Dichter, Poeten, Diplomaten aus Rom und Florenz. Der Sänger Gabriel Martin, der Meistergeiger Marone aus Brescara und Rafael Lippus, ein blinder Baladensänger schlossen sich dem Vortrag von Vittoria an. Francesco hatte Michelangelo entdeckt, informierte die Herzogin und beide traten Michelangelo entgegen.

Dieser bedankte sich für den schönen Tag bei Francesco und bat Constanza um Verständnis, sich entfernen zu dürfen. Sie verabredeten für den übernächsten Tag eine Hasenjagd auf dem Epomeo. Beim Verlassen des Festsaales erblickte Michelangelo einen wohlproportionierten

Jüngling. Die Blicke der beiden Männer trafen sich, dann verdeckten tanzende Paare den schönen Fremden. Rasch schritt Michelangelo durch das Festungstor. Eine Silhouette löste sich aus dem dunklen Torbogen. Bella schmiegte sich an ihren neuen Herren. Die Glocke der Kirche von Ponte läutete zweimal, das gesamte Firmament war mit Sternen übersäht.

Am Abend schrieb Michelangelo ein Gedicht für Papst Julius nieder.

Friedlich schaukelte das Schiff am nächsten Morgen in den kräuselnden Wellen des Hafenbeckens. Ein staatlicher Mann stand an der Reling und beobachtete die Reparaturarbeiten am Schiffsbuck. Dann schweifte sein Blick zum Hafen, Fischer boten ihren Fang feil. Junge Afrikaner hielten bunte Tücher und Muschelketten in den Händen und redeten auf flanierende, vornehme Damen ein. Michelangelo konnte den schönen Jüngling nicht vergessen.

Seine Aufmerksamkeit wurde auf laut gestikulierende Händler gelenkt, er sah, wie eine Gestalt sich aus der Menschenmasse löste und wegrannte. Seine Blicke folgten dem Flüchtenden, er erkannte den Fremden vom Abend, den er nicht vergessen konnte.

Michelangelo verließ seinen Beobachtungsposten und eilte dem Jüngling nach.

In einer stillen Bucht fand er auf einem Stein die Kleidung und in Papier verpackt mehrere Fladenbrote. Sein Blick schweifte übers Meer, weit draußen in den schäumenden Wellen entdeckte er den Schwimmenden. Michelangelo verbarg sich hinter dem Felsen und wartete. Der Jüngling kam mit kräftigen Schwimmschlägen ans Ufer, streckte sich aus, nachdem er in ein Fladenbrot gebissen hatte, und schloss die Augen. Tiefe Atemzüge ließen erkennen, dass er eingeschlafen war. Der Künstler nahm seinen Skizzenblock und mahlte den muskulösen, mackelosen, bronzefarbenen Körper des Ruhenden. Ein Geräusch aus dem nahen Pinienwäldchen ließ den Jüngling aufschrecken. Er kam zu sich und sah den Fremden vom Vorabend neben sich sitzend.

„Messer, was tun sie da?", fragte er irritiert sein Gegenüber.

„Ich heiße Michelangelo Buonarroti, bin Maler und Bildhauer und ständig auf der Suche nach Motiven und Modellen", antwortete der Gefragte. Unser „Papst Julius II. beauftragte mich für sein Grabmahl, ein riesiges Monument zu schaffen".

„Mein Name ist Lorenzo, ich begleite meinen Maestro, einen berühmten Bildhauer, er hatte lange keine Aufträge und erhoffte sich durch den Besuch auf dem Castello, Referenzen zu erhalten. Ich bin gezwungen unseren Unterhalt zu bestreiten, als Gegenleistung lehrt er mich die Kunst der Bildhauer- und Malerei. Meine angesehene, wohlhabende Familie lebt in Sizilien, mit Francesco studiere ich in Neapel. Dort traf ich meinen Maestro, der in mir die Liebe zur darstellenden Kunst weckte.

Er und Francesco genießen in Neapel das schöne Leben. Francesco kannte meine Vorliebe für die Malerei und Gestaltung, so stellte er mich dem Maestro vor. Meine Familie verstieß mich deshalb, dadurch lebe ich ohne Bezüge und muss mir bis zum ersten Auftrag das Essen besorgen", erzählte Lorenzo vertrauensvoll.

Michelangelo erinnerte sich an seine Kindheit. Als Kind war er nach dem frühen Tod der Mutter meist einsam.

Seine Spielkameraden schlossen den kleinen, schwächlichen humor-losen Knaben meist aus. Sein erster richtiger Freund war der sechs Jahre ältere Granacci, der bei ihm das Talent zum Zeichnen entdeckte. Gegen den Willen seines Vaters, Lodovico Buonarroti Simoni, der aus Michelangelo einen Edelmann machen wollte, lernte er bei dem erfolgreichen florentinischen Meister der Malerei, Ghirlandaios.

Der dreizehnjährige Michelangelo überzeugte den Meister so von seinem Talent, dass dieser ihm zwei Scudo Lehrlingslohn zahlte. Diese Transaktion überzeugte auch den strengen Vater, der all sein Vermögen verloren hatte. Die letzten Scudo seines Vermögens gab der Vater für die standesgemäße Ausbildung Michelangelos in Urinos Sprachschule, für Latein und Griechisch aus.

Ludovico Buonarroti hatte prophezeit, er glaube Michelangelo würde das Familienvermögen zurückgewinnen.

Lorenzo betrachtete inzwischen die Skizze, die Michelangelo von ihm angefertigt hatte. Zu dem Künstler gewandt sagte er, „ein Spiegel kann mein Ebenbild nicht besser wiedergeben. Ist Malen ein Talent, kann ich es erlernen, um Portraits zu malen?"

„Junger Freund, wenn sie einiges beherzigen; das Gesicht muss aus drei Teilen bestehen, Kinn und Mund, die Nasenpartie, Stirn und Hals – also die Proportionen. Die Körperlänge beträgt das Achtfache des Gesichtes, die gleich der Spannweite der Arme ist", dann werden sie ein guter Maler werden, erklärte Michelangelo. Er empfand große Sympathie für Lorenzo. Auch Lorenzo verspürte Zuneigung und Hochachtung für den Künstler.

Aus dem Pinienwald beobachtete seit geraumer Zeit eine dunkel gekleidete Gestalt das Geschehen. Die Augen des Beobachters sprühten giftgrüne Funken, als er bemerkte, dass die zwei Männer sich angeregt und freundschaftlich unterhielten. Lorenzo schaute erschrocken zur Sonne, die ihren Zenit überschritten hatte.

„Entschuldigen sie, Messer Buonarroti, ich muss die Fladenbrote meinem Maestro bringen. Wir begegnen uns sicher bei der morgigen Hasenjagd, zu der Francesco alle Gäste einlud."

Michelangelo fand an Bord eine Depesche vom Castello. Sie enthielt den Ablaufplan der Hasenjagd, er war in der Gruppe von Francesco und Lorenzo eingeteilt. Auf der Liste stand ein Name, der ihm nicht unbekannt war, ihm trat Schweiß auf die Stirn, er musste seine Nase, die plötzlich schmerzte, kühlen.

Die Jagdgesellschaft traf sich vor dem Morgengrauen. Alle Diener hatten Fackeln in den Händen. Der Anstieg auf den Epomeo war sehr beschwerlich. Sie erreichten den Gipfel, als hinter dem Vesuv die Sonne aufging und das Wasser im Golf von Neapel wie Diamanten glitzern ließ. Die Vögel begannen ihr Morgenkonzert, Nebel stieg aus dem Vulkankrater auf. Die Amalfiküste, Capri, Neapel und das unendliche Mittelmeer lagen den Männern zu Füßen. Ein kleines Picknick hielt Leib und Seele gesund. Die Gesellschaft teilte sich in kleine Gruppen auf.

Ein Horn gab den Start zur Jagd der Wildkaninchen, das als wohl erlesene Mahlzeit galt und der Abschluss der Jagd am Abend sein sollte.

Die Frauen im Castello heizten die Herde und bereiteten die Zutaten vor. Die Hasen stürzten, aus Angst vor dem Gebell der Hunde, aus ihren Verstecken. Bella leistete dabei gute Dienste. Die Jäger brauchten nur noch anzulegen und zu zielen. Ein Dutzend Hasen waren schon erlegt, da schallte ein Schuss durch den Wald. Das Echo brach sich an den Felswänden und wiederholte sich in der Schlucht gespenstig.

Dann ein Aufschrei, Stille. Alle Jäger und Bediensteten stürzten zu der Stelle, wo sie den Schrei vernommen hatten. Unfassbar für alle, Francesco lag blutend und besinnungslos am Boden. Lorenzo beugte sich über ihn. Michelangelo, der neben Francesco gestanden hatte, als dieser getroffen zu Boden sank, sah, wie eine hünenhafte, dunkle Gestalt im Wald verschwand. Der Verletzte wurde auf eine Bahre gebettet und zum Castello getragen. Constanza und Vittoria hatten schon von dem Unglück gehört und nach dem Leibarzt geschickt. Dieser stellte eine harmlose Fleischwunde fest und verordnete Francesco Bettruhe. Constanza beauftragte den Festungskommandanten mit der Ermittlung des Tatvorgangs und Ergreifung des Schützen.

Michelangelo stand Stunden später auf dem Festungswall und sah, dass ein Fischerboot flott machte. Er erkannte in dem Mann, der das Boot bestieg, die Gestalt, die eilig im Wald verschwunden war. Lorenzo trat neben ihn und teilte mit, dass sein Maestro nirgends zu finden sei. Michelangelo blickte Lorenzo streng an und fragte, „heißt dein Maestro Torrignani?"

Lorenzo stutzte, „woher kennt ihr meinen Maestro?"

Michelangelo zeigte auf seine Nase, Lorenzo erkannte, dass sie gebrochen und leicht entstellt war. „Torrignani und ich lernten in den Gärten von Lorenzo de' Medici in Florenz die Grundbegriffe der Bildhauerkunst. Wir verstanden uns sehr gut, bis Torrignani, Sohn sehr reicher Eltern, neidisch auf mich wurde, weil ich im Palast der de' Medici wohnen durfte. Er stritt mit mir über Kleinigkeiten, und als ich ihm widersprach, schlug er mit seiner Faust auf meinen Nasenrücken und brach sie mir. Danach flüchtete er aus Florenz und führte in der Umgebung ein ausschweifendes Leben. Papst Julius II. beauftragte mich eine Statue, die Torrignani in seinem Auftrag angefertigt hatte, zu vollenden, dies verzieh mir Torrignani nicht", erzählte Michelangelo.

Der Ältere beschwor Lorenzo, Frieden mit den Eltern zu schließen, seine Studien in Neapel fortzusetzen und die Kunst danach richtig zu erlernen, wenn er dazu noch Muse empfände. Wenn Lorenzo dann immer noch den Wunsch habe, Bildhauer zu werden, freue er sich, ihn in Rom als Lehrling aufzunehmen.

Auf dem Castello herrschte eine Angst erregende Stille. Alle Gäste waren vorzeitig abgereist, um die Genesung von Francesco nicht zu gefährden. Auch Michelangelo hatte sich auf das Schiff zurückgezogen, dass am nächsten Tag die Anker lichten sollten.

Das Schiff war zum Auslaufen bereit, die Segel flatterten im Wind. Michelangelo hatte sich am Morgen von Francesco, der im Salon der Herzogin auf dem Otaman gebettet lag, verabschiedet. Der Kranke mit noch blassem Gesicht berichtete, dass von dem Schützen jede Spur fehle. Die Wunde am rechten Bein nicht mehr schmerzte und er bald wieder aufstehen könne.

Constanza und Vittoria begleiteten ihren Gast zum Hafen. Sie hatten für die Besatzung ein Teil der Wildhasen eingepackt, den anderen Teil gaben sie den armen Bewohnern von Ponte. Vittoria sah, dass Bella traurig ihren Herrn anblickte, sie ahnte, dass Michelangelo sie verließ. Die junge Frau war entzückt, „was für ein schöner Hund."

Michelangelo erklärte, „Bella ist eine Hundedame und meine treuste Begleiterin auf der Insel gewesen, leider kann ich sie nicht mit nach Rom nehmen." Vittoria beugte sich zu Bella, der Hund leckte ihre Hand. Sie blickte zu Constanza auf, als diese nickte, strahlten die grünen Augen der jungen Frau.

„Ich werde Bella zu mir nehmen, meine Tante hat es erlaubt", sagte sie dankbar zu Constanza nickend. Michelangelo schmunzelte, „ich habe aber gar nichts davon gehört."

Lachend verabschiedeten sie sich. Das Schiff lichtete den Anker, lange noch sah Michelangelo die winkenden Frauen am Kai.

Plötzlich sah er Contessina de Medici, die kleine Gräfin vor sich. Seine erste unerreichte Liebe. Die in ihrer Anmut und Kleidung Vittoria glich.

Francescos Romanze

Trotz seiner hervorragenden Erziehung war Francesco schon in früher Jugend neugierig, wissensdurstig und suchte die Herausforderung. Nach seiner Ausbildung auf Ischia und in Neapel verbrachte er im Jahr 1508 einige Monate in Rom, zum Studium der Rechtswissenschaften, schönen Künste und der Muse, um für den tristen Ehealltag gerüstet zu sein.

Von einem Freund erhielt er die Adresse einer wunderschönen Maid, die vor einigen Tagen nach Rom gekommen war und allen Jünglingen der Stadt den Kopf verdrehte. Wie es sich für einen jungen Adligen geziemte und im Rom Brauch war, ritt Francesco auf einem edlen Rappen sitzend, mit verdecktem Gesicht, das man ihn nicht erkenne, zu der angegebenen Herberge. Als er die hübsche Tochter von Bononien, Lucrecia sah, schwanden seine Sinne.

Er verspürte ein unsägliches Verlangen diese Schönheit zu besitzen. Angetan war der Jüngling von der Schönheit des Leibes und der üppigen Gestalt der Fremden, die sich einer adlige Herkunft rühmte, eine gute Erziehung vorwies, sowie gute Sitten, Tugend und Keuschheit. Sie entzog sich tagelang dem Werben von Francesco. Letztendlich da sie erkannte, dass der edle Jüngling so große Zuneigung zu ihr empfand, Tag und Nacht um die Herberge herumtrabte, erbarmte sie sich. Sie zeigte sich unverhüllt am Fenster und winkte ihm zu. Auch sie war angetan von Francescos schöner Kleidung, gesticktem und vergoldetem Sattel und dem Zeug seines Pferdes. Er war ein prächtiger und stattlicher Reiter mit stolzem gravitätischem Gang eines Edelmannes. Der Verehrer trug Armbänder, die mit Edelsteinen besetzt waren, und andere Kleinodien, die einen Glanz verbreiteten, wenn sich die Sonne in ihrem Licht brach. Francesco umgab sich mit Dienern und Gesinde, die Gedichte von dem italienischen Poeten und Reimdichter Carmina in den Händen hielten. Daraus sangen sie etliche Verse oder Reime, mit subtilen höflichen Stimmen, die ihnen zugunsten ihrer Herren möglich waren. Francesco flüsterte Lucrecia, die sich wieder einmal am Fenster zeigte zu, „schöne Jungfrau, solle es auch wohl möglich sein, ihnen zu dienen? Ein liebender Ritter, spanischen Geschlechts, ist von ihrem Antlitz so angetan, dass er euch alle sein Reichtum zu Füßen legt."

Auf diese Worte hintat die Jungfrau das Fenster weit auf, sah ihren Ritter mit halblachendem Mund verzehrend an, dann schloss sie das Fenster wieder. Francesco rief, „zarte Jungfrau, darf ich die Gnade haben, eure schneeweißen Hände mit einem Kuss zu verehren?"

Die Jungfrau ließ sich nicht mehr am Fenster sehen. Als der adlige Spross erkannte, dass sein Singen und Supplicieren vergeblich war, ging er mit zornigem Gemüt von dannen. Francesco schwor sich alle Mittel zu nutzen, um diese Maid zu erobern.

Am nächsten Tag saß Lucrecia wieder am Fenster, schöner denn je. Ihr blondes Haar wallte in kleinen Löckchen von der Schulter, es glänzte in der Sonne, ihr Körper roch lieblich, die Wangen überzog eine keusche Röte. Sie hatte alle Ehrbarkeit und Keuschheit angenommen und wirkte züchtig wie eine fromme Nonne, die ein Kloster je hatte. Francesco war von ihren Gebärden, Bewegungen des Leibes so bezaubert, dass er sich selbst nicht mehr erkannte, sondern wie ein

Poet dichtete. Er nahm allen Mut zusammen, klopfte an die Tür der Herberge und bat die Wirtin um Einlass. Die Wirtin fragte er, „was ist das für eine fromme Jungfrau, welche vor ein paar Stunden zum Fenster heraus sah?"

Er erhielt zur Antwort, „Herr, das ist die einzige Tochter einer fremden Patrona, die vor wenigen Tagen nach Rom kam, um ihr Recht zu erfahren. Der Vater der Jungfer wurde von seinen Widersachern hintergangen und schändlich ermordet. Deshalb haben Mutter und Tochter bei mir um Unterkunft gebeten. Sie hoffen auf Schutz und auf Mittel den Tod des Gatten und Vaters zu rächen, mit der Hilfe der römischen Justiz soll ihnen zu ihrem Recht verholfen werden."

Francesco verlangte im Namen der Rechtsprechung bei der Mutter und Tochter vorsprechen, zu dürfen.

„Ich erkenne ihr edles Ansinnen, die Patrona trägt Sorge, es möchte unziemlich an ihrer Tochter gehandelt werden, deshalb gibt sie keinem Mann ihr Gehör. Die Jungfrau lebt hier wie eine Nonne im Kloster, sie tut nichts anderes, wie im Gebetbuch Psalme zu lesen und zu beten!", erklärte die Wirtin.

Auf diese Worte hin drängte sie Francesco, er wolle den Frauen helfen und den Mörder des Vaters stellen. Daraufhin ließ sich die Wirtin erweichen und informierte ihre Gäste von dem Ansinnen ihres Besuchers. Sie kannte die Familienverhältnisse von Francesco und verkündete diese den Damen.

„Der Ritter besitzt ein großes Vermögen in Neapel, Macht und Einfluss zur königlichen Familie und dem Vatikan". Ihm wurde daraufhin gestattet mit Lucrecia, zu sprechen. Nach wenigen Worten offenbarte er seiner Angebeteten ungeschminkt, dass er sie begehre und mit ihr den Beischlaf zu frönen gedenke. Lucrecia errötete dabei nicht, sondern sah ihn sinnlich an, hier hätte dem Jüngling bereits ein Licht aufgehen müssen. Er erklärte für ihre Jungfernschaft wolle er der Geliebten sein ganzes Land als Wiedergutmachung und viele Schätze zu Füßen legen und den Tod des Vaters rächen. Er ließ sogleich ein Abendmahl richten. Schon in der kommenden Nacht wollte er für die Unkosten der Speisen belohnt werden. Die Jungfrau zog sich jedoch nach dem Essen mit Kopfschmerzen in ihr Gemach zurück und vertröstete ihren Ritter auf den nächsten Abend.

Am nächsten Abend wurde anfänglich wieder ein köstlicher Nachtimbiss gerichtet und auserlesene Speisen aufgetragen, die Francesco durch seine Diener herbei tragen ließ.

Lucrecia gab sich mäßig, sehr jungfräulich. Sie nippte nur an den Köstlichkeiten, dafür schlugen sich die Mutter und Wirtin, die Bäuche voll. Der ritterliche Jüngling, der von seinem eigenen Gelde Gast bei Lucrecia war, sah sie ohne Unterlass verträumt und begehrend an, dabei erdachte er immer wieder wunderliche Schmuseworte. Sie schwieg, lächelte keusch, wenn er wegschaute, gab sie ihrer Mutter Zeichen. Nach dem Essen führte die Wirtin das junge Paar in ein mit Blumen geschmücktes Schlafgemach, wofür ihr Francesco heimlich Geld zusteckte. Dann folgte er der Jungfer auf dem Fuße nach, wie ein Tauber der die Täubin zum Nest treibt. Er entließ seine Diener, schob den Riegel vor und legte seine Kleider ab. Dies geschah so eilig und geschwind, als ob ihn einer trieb und jagte, so eilig war es ihm, seiner Begierde genüge zu tun.

Daraufhin sprang er ganz fröhlich vor Mut ins Bett, gleich einem Krieger, der einem Feind überwunden hatte und nun auf seine Siegeshymne wartete. Nebenbei ließ er es an

53

Schmeicheleien nicht fehlen. Vor ihm stand kein schöneres, noch herrlicheres Weibsbild auf Erden als Lucrecia. Sie jedoch blieb angekleidet vor dem Bett stehen und blickte ihn zweifelnd an, bis er unwirsch wurde. Francesco sprang von seinem Lager auf, sah seine Blöße, errötete und versteckte seinen muskulösen Körper hinterm Betttuch, das er um sich geschlungen hatte. Dann ließ er das Tuch fallen und wollte Lucrecia gewaltsam auf das Bett werfen und ihr die Kleider vom Leibe reißen. Sie befreite sich von dem Mann und trat ein paar Schritte zurück, so dass er zu Boden stürzte. Er wendete sein Gesicht vor Scham ab. Sie starrte auf den nackten muskulösen Körper, schmunzelte und wartete auf seine nächste Reaktion. Er stand auf und legte sich ins Bett. Lucrecia tat dieser Jüngling plötzlich leid, sie löschte das Licht und legte sich zu ihm. Er umfing sie stürmisch. Ohne Unterlass schmeichelte Francesco ihr. „Mein liebes Herz! Meine vertraute Seele! Du meine einzige Freud und Lust meines bisherigen Lebens lass mich nun dich und deine Liebe genießen!" Während er diese Worte sprach, unterließ er es nicht, alle Gebärden und Bewegungen des Leibes dahin zu richten, um sie zu überwinden. Bald verspürte der erschöpfte Mann, dass all seine Bemühungen wiederum vergebens waren.

Francesco merkte, dass diese Jungfer ihn verspottete, so ließ er ab, seine süßen und herzerweichenden Worte verstummten und er begann, zu schelten. Was das für eine Art und Weise wäre einen Edlen so zu hintergehen, er lästerte dabei Gott im Himmel und wurde sehr ungehobelt. Dann wollte er Lucrecia, in seinem spanischen Stolz verletzt mit seinem Dolch, der auf dem Tisch lag, töten. Er besann sich eines Besseren, hob beide Hände und begann sie an der Gurgel zu würgen. Als er ihre zarte Haut spürte, lies der Wütende ab. Noch einmal versuchte er es mit Lobreden und Werbungen. Als Francesco im Morgengrauen endlich begriff, dass er in dieser Nacht sein Ziel nicht erreichen würde, warf er sich die Kleider über und stürzte zur Tür.

Da rief die Jungfer ihm mit sanfter Stimme hinterher. „Kehrt wieder um, mein holder Gebieter, eure Sache kann noch gut werden!" Er wendete sich wieder versöhnlich um und fing von neuem an süße Worte zu raspeln, er war der Schönen wieder ins Netz gegangen. „Wenn Ihr meine Liebe, um den Verlust eurer Jungfernschaft so große Sorge tragt und Angst davor habt, unerträgliche Schmerzen zu empfangen, bekräftige ich euch mit meinem Eid, dass eine Mücke härter stechen wird als ich, der vor Liebe für euch brennt! Ich bin durch das stundenlange Hinhaltespiel von euch vor Lieb zu euch halb Tod und habe keine Kraft mehr in den Gliedern." Wieder ließ sie ihn abblitzen, denn was konnte ein geschwächter Liebhaber ihr schon für Genuss bringen. Da meinte der wiederholt Genarrte, er würde ganz von Sinnen, sprang aus dem Bett, zog die Kleider wieder an und ging mit seltsamen Gebärden in der Kammer auf und ab. So verbrachte er die übrige Zeit der Nacht.

An Fluchen und Lästern mangelte es ihm dabei nicht. Wohl hundert Seufzer ließ er hören. Dann stieß er plötzlich den Laden von dem Fenster auf, legte sich mit dem Haupt auf die Hand, sah völlig apathisch in das dahin fließende Wasser des Tibers und weinte. Unterdessen schlief Lucrecia ein und erwachte, als die Sonne sich im Fluss spiegelte. Als Francesco sah, dass die Jungfer sich regte, begann er aufs Neue mit werben. Er meinte diesmal zu erreichen, was ihm in der Nacht misslang. Sie blieb stur, verabschiedete sich bei ihm mit einem Kuss und verließ die Kammer. Francesco nahm verärgert seinen Mantel und Degen, ging ohne Gruß an der Mutter und Wirtin vorbei, mit dem Vorsatz nimmer wieder zu kommen.

Doch schon nach wenigen Stunden stand ein Schneider vor Lucrecia. Auf dem Arm trug er Samt, Atlas und anderes Seidenzeug in den herrlichsten Farben, im Auftrag von Francesco, der seiner Angebeteten eine Freude bereiten wollte. Der Schneider hatte den Auftrag, nach den Proportionen von Lucrecia, Leibkleider anzufertigen.

Dabei ließ der Schneider erkennen, dass sein Auftraggeber diese nur mit dem Hintergedanken veranstaltete, um in der kommenden Nacht eine willige Geliebte vorzufinden. Lucrecia nahm die Verehrung dankbar an. Ihre Mutter träumte bereits von einem eigenen Haus und reichem Unterhalt für sich und ihre Tochter. Sie unterwies die Tochter dahingehend.

Am Abend erschien Francesco wieder bei Lucrecia. Sie kam ihm entgegen und ließ sich die Hände küssen. Nach dem, von ihm mitgebrachten Nachtimbiss, zog sich das Paar in die Kammer zurück. Alles wiederholte sich, wie am Vorabend. Francesco gab nicht auf, so erschien er am dritten Abend wieder hoffnungsvoll.

Wieder spendierte er ein Nachtmahl, danach ging das Paar in die Kammer. Lucrecia hatte sich auch an diesem Abend vorgenommen ihren Freier, wie in den vorangegangenen Nächten zu äffen. Doch dieser stellte sich so rasend und besessen an, dass sie besorgt um ihr Leben war, ihr möge womöglich ein Unheil geschehen und gab sich endlich Francesco hin. Er genoss seinen Sieg, denn auch er entdeckte das erste Mal, dass er vom Jüngling zum Manne wurde.

Francesco konnte dieses Erlebnis nicht lange auskosten, denn Lucrecia fing sofort an, zu klagen. Sie weinte und heulte bitterlich.

„Weh mir, nun bin ich verderbt. Was habt ihr mir armen Mädchen nur angetan? Das unwiederbringliche Kleinod meiner Jungfernschaft ist mir durch euch geraubt worden. Alle Zucht und Ehre wurde mir genommen, wer wird eine geschändete Maid nun heimführen, trauen und freien?" Francesco überreichte ihr einen Geldbeutel zur Belohnung für ihre Jungfernschaft, gleich als Morgengabe. Sie zierte sich, „nicht Geld will ich von dir, sondern du musst meine Ehre wieder herstellen!" Dann nahm sie resolut das Geld an sich und versteckte es unter ihrem Leibchen. Von da an erschien Francesco immer in den Nachtstunden und bezahlte sie am Morgen mit einem prallen Geldbeutel.

Monate vergingen, Francesco wurde zum Kriegsdienst für Kaiser Maximilian I. gerufen. Und ein Ereignis, das er immer verdrängt hatte, nagte an seinem Gewissen. Die Eheschließung mit Vittoria, für die er eine brüderliche Liebe empfand aber nicht das Verlangen des Fleisches, wie zu Lucrecia. Er kaufte Lucrecia in der Nähe von Neapel ein Haus, gestand ihr seine Verpflichtung, die er für den Frieden mit dem Land Italien einlösen musste. Sie nahm ihm das Versprechen ab, nur ihr treu zu sein und mit Vittoria eine platonische Ehe zu führen. Nach seinem Fortgang führte Lucrecia ein offenes Haus, sie war die Kurtisane von Francesco und vielen anderen adligen und geistlichen Würdenträgern.

Ihre Busenfreundin aus Florenz fragte sie eines Tages, „hat der Tölpel, den du Francesco nennst nicht gemerkt, dass du deine Jungfernschaft schon längst verkauft hast und dir die Schande schon vor etlichen Jahren widerfahren ist?"

Lucrecia entgegnete ihr, „das ist eine törichte Frage. Er war ja selbst unerfahren, deshalb konnte ich ihn betrügen. Zudem mangelte es mir an Worten und Gebärden nicht, die der Sache dienlich waren. Er zweifelte nicht einmal an meiner Keuschheit und Unschuld, weil ich ihn drei Nächte hinhielt und seinem Drängen widerstand. Nicht er hat mir die Jungfernschaft genommen, sondern ich habe ihm geholfen seine Männlichkeit, zu entdecken. Damit wurde er mir hörig. Ich lebe nun sehr gut von seinem Geld und meinen Kunden.

„Sag liebe Lucrecia wer sind denn deine Kunden?", fragte Antonia weiter. „Und hat deine Mutter dir gestanden, wer dein Vater ist?"

„Ja wenn man das bei Licht besieht, berühmt mich keiner, als die vielen Kunden meiner Mutter, die alle meine Väter sein könnten, Kardinäle, Bischöfe, Adlige oder andere große Herren, also bin ich auch von edlem Geblüt. Es ist nicht möglich zu sagen, wer mein Vater war, weil täglich so viele Geistliche bei meiner Mutter den Acker bestellten und im Garten der Liebe säten. Es wäre eine Torheit, wenn die Saat aufgegangen ist, den Gärtner zu erkennen, dem ich ähnlich bin. Ebenso närrisch wäre es von einem meiner Hähne die ich aufsitzen ließ zu behaupten, dass sie der Säer der Saat sind, die ich nun unter meinem Herzen trage. Ich lasse Francesco glauben, dass er der Erfolgreiche gleich beim ersten Mal war."

Antonia wollte noch wissen, ob es Lucrecia je gereut hat.

„Liebe Freundin, es hat mich bisher nicht wenig Geld gekostet meine Seele, rein zu waschen. Ich habe den ganzen Schrank voll mit Ablassbriefen, päpstlichen Indulgenzen und Vergebungen meiner Sünden gekauft, so kann ich der guten Hoffnung sein, dass sich für mich der Himmel öffnen wird. Gleichwie ich den Vornehmsten meinen Leib in diesem Leben der Laster, Wohllüste und der Unreinheit ergab, all das steht in den Briefen. Auch meine kleinen Intrigen und Todsünden werden mir erlassen, denn alles was ich getan habe, das musste ich aus der Not heraus tun. Es reut mich auch nicht!"

Der Hunger und die Liebe haben in allen Zeiten das physische Leben der Menschen beherrscht, sie waren treibende Kräfte in den viel tausendjährigem Kampf, um Existenz und

Glück. Während die Menschen den Hunger begriffen und klaren Verstandes mit allen Mitteln diesen bekämpften, blieb ihnen die Liebe rätselhaft, bis an den heutigen Tag. Rätselhaft bleib, wie die Liebe entsteht und zur rasenden Leidenschaft anwachsen kann. Rätselhaft, wie sie als zündender Funke ins Herz fällt und als stiller Funke den Tod überdauert. Der plötzliche Gefühlsausbruch, einer so gewaltigen Sinn berückenden Macht muss als übernatürlich erscheinen.

Vittoria saß verzweifelt in ihrem Salon, lange hatte sie nichts mehr von Francesco gehört. Kam eine Depesche von ihm aus Neapel erhalten, deshalb schlug ihr Herz bis zum Hals. Constanza hatte sie liebevoll beruhigt. Francesco betreibt seine Studien und lernt das Kriegshandwerk. Er war im vergangenen Jahr bei der Krönung von Kaiser Maximilian I. und möchte in seine Armee eintreten.

Am Morgen, als Constanza von der Andacht zurückkehrte, fand sie ein Briefchen ihres Neffen auf dem Sekretär. Der kurze Inhalt war. „Wann kann ich dich sprechen?"

Die Herzogin ließ antworten. „Sofort!"

Er kam auch wirklich bald, nachdem er in den letzten vier Jahren höchst selten auf dem Castello geweilt hatte. Constanza, die in ihrem Erker saß und ein Buch las, sah ganz entsetzt den blassen, ernsthaften jungen Mann an, der sich in einen jungen Offizier verwandelt hatte. „Francesco, wie siehst du aus?", stammelte sie. Er machte eine abwehrende Bewegung mit seiner Rechten und setzte sich ihr gegenüber. Unwillkürlich nahm Constanza seine Hand, mit der er ungeduldig auf den Tisch trommelte, zärtlich in die ihre.

„Francesco, du weißt, dass ich immer für dich da bin, was hast du auf dem Herzen, brauchst du Geld?"

„Du hast den Nagel auf den Kopf getroffen Tante, ich nehme dein Anerbieten an", erwiderte er. Es war, als wenn jeder Klang aus seiner Stimme gewichen war.

„Nicht nur wegen der Studien", fuhr er fort, „weißt du, es ist auch nicht angenehm, wenn man ohne einen Scudo in der Tasche auf Freiersfüßen gehen soll. Sag mir, - wie viel hat Vittoria geerbt? Lass das nur, es kommt auf ein bisschen mehr oder weniger nicht an, mein Kaufpreis mag ich gar nicht wissen. Ich konnte am Ende, arrogant wie ich bin herausfinden, dass ich mehr wert bin, als ihre lumpigen paar tausend Scudo."

Constanza war jäh aufgestanden. „Francesco!", stieß sie erzürnt hervor, „ich habe dich als einen zartfühlenden, fleißigen und ehrlichen jungen Mann erzogen. Hat dich der Umgang in Neapel und der Dienst für Kaiser Maximilian I. so verändert?"

„Lieber Himmel Tante, ereifere dich nicht. Ich bin mit dem besten Willen nicht imstande Hokuspokus dir gegenüber zu machen, um die Sache die ganz und gar nach deinem Herzen ist. Unsere Heirat war ein Wunsch der Ferrante und Colonna und des spanischen Königs, das weißt du wohl besser als ich. Nun könnte ich ja uns beiden allerhand vorlügen, um die Geschichte ansehnlicher zu machen, aber siehst du, es geht nicht, ich muss mich erst daran gewöhnen, die Komödie zu spielen. Sieh nur nicht so entsetzt drein! Du weißt ja liebste Tante, dass diese Heirat nach Geld und Ruhm, jetzt eine Existenzfrage geworden ist.

Weiß Gott, stünde ich jetzt allein, morgen wäre ich schon weit fort von hier, irgendwo in der Welt, wo ich für den Kaiser Maximilian kämpfen kann".

Die Herzogin hatte bei den schneidenden haarscharfen Worten Tränen in den Augen. „Du willst Vittoria nur wegen des Versprechens und ihres Vermögens nehmen und im übrigem ist sie dir gleichgültig?"

Sie versuchte, ihm wenigstens etwas Gutes abzubitten.

„Ja", sagte er kurz. „Frage nicht so Tante, ich nehme sie wegen ihres Vermögens und des lieben Friedens Willen, wie sie mich vermutlich nicht. Nun ich will mich fangen lassen, es erspart mir Mühe, eine andere zu suchen. Was dich betrifft Tante, so bitte ich, bereite sie darauf vor, und wenn du kannst bald.

Ich gestehe, mir brennt der Boden unter den Füßen. Vor zwei Jahren habt ihr in Marino den Kontrakt unterschrieben und die Heirat zwei Jahre verschoben, nun kann und will ich nicht mehr warten, im Dezember muss die Eheschließung mit allem Pomp gefeiert werden.

Ich werde dann mit meiner Frau nach Neapel ziehen."

„Um Himmelswillen, so plötzlich. Was soll Vittoria denken, wenn sie merkt, welcher Stimmung dieser Antrag entspringt?"

„Überlasse mein Verhalten ihr gegenüber vertrauensvoll mir! Das Einzige, warum ich dich bitte ist, dass du sie vorbereitest. Dreh es nun, wie du willst. Wenn du mir einen Bescheid bringst, werde ich an sie schreiben."

„Warum nicht persönlich werben, Francesco?"

„Ich kann es besser schriftlich tun."

„Und wann willst du, dass ich …?"

„Wenn ich ausgeritten bin!"

„Vittoria spielt meist vormittags am Spinett?"

„Wie du denkst Tante, meinetwegen mach's mit Musikbegleitung."

„Francesco, so bald?"

„Sofort, hier ist bereits mein Brief. Sobald ich ihr Jawort habe, und sie sich in Neapel eingerichtet hat, reise ich Kaiser Maximilian I. nach."

Um ein Uhr schickte Constanza ihren Neffen einen Zettel, „ich gratuliere, sie liebt dich!"

Er nahm seinen Helm und ließ sich bei Vittoria melden. Ein starkes Parfüm wehte ihm entgegen und erschwerte das schon schwere Atmen, er trat in ihren Salon und ließ seine Augen im Salon umherschweifen, Vittoria war nicht drin.

Francesco wollte sich sammeln, er konnte sich nicht vorstellen, wie sich die nächste Viertelstunde für sein Leben abspielen würde. Gott im Himmel, wie anders hatte er sich sein Freien gedacht! Und dann trat sie ein, wunderschön die grünen Augen strahlten, ihr Haar war die Sonne selbst.

Sie trug ein Kleid von blauer Seide. Es war ihm plötzlich, als müsse er vor Scham in den Boden versinken. Nein er hatte dieses zauberhafte Wesen nicht verdient, um sie Braut und Liebste zu nennen, er hatte zu ausschweifend gelebt.

Aber da sah er wieder seine Eltern und Tante vor sich. So stammelte er, „du weißt, weshalb ich vor dir stehe?"

Sie senkte ihren schönen Kopf, mit keiner Bewegung, keinem Wort kam sie ihm zu Hilfe. Sie wollte den erhebenden Augenblick, in dem ihr geliebter Francesco sie zur Frau begehrte, voll auskosten.

„Ahnst du nicht Vittoria", begann er endlich, "errätst du nicht, dass ich eine sehr große Bitte an Dich zu richten im Begriff bin, dass ich …?"

„Dass du mir sagen willst, ich liebe dich, Vittoria!", unterbrach sie ihn zärtlich. Er verbeugte sich zustimmend. „Und dass du mich heiraten willst, Francesco."

Wieder eine Verbeugung. „Nun denn", rief sie und reichte ihm ihre Hand, die er langsam an seine Lippen führte. „Und damit du es weißt Francesco, ich habe es geahnt, dass du heute um meine Zustimmung bittest."

„Meine Tante", murmelte er.

Sie schwieg und sah ihn an, mit Augen, die ihr Glück widerspiegelten. Da fühlte sie sich umfasst, er zog sie an sich, um die Beiden versank die Welt.

„Francesco ich weiß schon lange, dass du mich liebst, lange, lange." Er sah sie mit verstörten Augen an.

„Schon lange? – nein!", dachte er laut, unfähig sie in diesem Irrtum zu lassen. „Ich habe dich immer wie eine Schwester liebenswert gefunden, aber den Entschluss, dich schon bald zur Frau zu begehren ist neu."

Sie war erschrocken und starr mit einem Zug grenzenloser Enttäuschung um den Mund. „So", antwortete sie.

„Ich bin ein Fanatiker der Wahrheit und diejenige, die meine Frau wird, kann ich nicht anlügen", sprach er weiter.

Sie biss in ihre Unterlippe, sie wusste es ja ganz genau, dass er nach dem Unfall bei der Hasenjagd auf dem Epomeo, ihr eher ausgewichen war und die meiste Zeit in Neapel bei seinen Freunden verbracht hatte, als mit ihr wie in der Kindheit Ausflüge zu unternehmen. „Aber warum schreibst du mir, ich sei deine einzige Liebe, dann liebst du eine andere und erfüllst nur das Versprechen unserer Eltern?", fragte sie durch die Zähne.

Er hatte Lust, mit den Füßen aufzutreten, was ging sie seine Vergangenheit an. „Vittoria", sagte er kurz, „bisher dachte ich nicht an Ehe!" – Das Wort Liebe vermied er.

„Und das ist plötzlich gekommen?", sie schlug die Augen nieder.

„Wie das so kommt?", fragte er zurück mit gefurchter Stirn.

„Oh vergib mir, ich quäle dich!", rief Vittoria verängstigt. Francesco sah aus, als stände er im Begriff, eine Abschiedsverbeugung zu machen und sporenklirrend hinauszugehen. Vittoria begann zu weinen. „Ich bitte dich mir zu verzeihen", sagte er zärtlich. „Hat dich mein Bekenntnis enttäuscht, ich bin ein bedrückter Mann, der Schweres zu tragen hat und viel Geduld und Nachsicht braucht von der Seite seiner Frau."

Es lag etwas in seiner Stimme, das ihr gut tat. Nun gut, er liebte sie noch nicht innig, aber er will sie heiraten, - sie, oder ihr Vermögen -, dies zehrte an ihr.

Vittoria reichte Francesco trotzdem versöhnlich ihre Hand.

„Geduld und Nachsicht, soviel du willst, Liebster. Wir gehen zu deiner Tante, Constanza und teilen ihr unsere Entscheidung mit."
Er küsste sie, kalt, formell. Sie zuckte zusammen, das war kein Brautkuss. Und als er zur Tür schritt, folgte ihm ihr Blick, der nicht viel versprach von Nachsicht, Geduld und Liebe. „Sollte ich ihn Freigeben?", sprach sie leise vor sich hin. Dann schüttelte sie ihren Kopf. „Nein – nun gerade nicht", wie ein Aufschrei hatten ihre Worte geklungen.

Um zwei Uhr hatte das junge Paar bereits in ihrer Eigenschaft als Verlobte vor Constanza in ihrem gemütlichen Salon gestanden und Glückwünsche entgegengenommen. Die junge Braut besprach mit Constanza die Form und Anzahl der Einladungen zu ihrer Hochzeitsfeier.

1509 wurde in der Kathedrale zu Ischia Vittoria Colonna mit dem Markgrafen Ferrante d'Avallos getraut. Nach der Eheschließung und Übersiedlung nach Neapel reiste Francesco dem Kaiser Maximilian I. in den Krieg nach. Er war einer der gefürchteten Fechter seiner Zeit.

Francescos Irrtum

Ferrante bat Lucrecia eine Kurtisane für seinen Adoptivsohn, Alfonso d'Avallos, Marchese del Vasto zu finden, damit er seine Männlichkeit erkennt.

Lucrecia versprach Antonia zu bemühen. Sie hatte jedoch selbst die Absicht, den Jüngling die Unschuld zu nehmen, wie sie es bei Francesco vor vielen Jahren getan hatte. Davon ahnte dieser nichts, denn er liebte Lucrecia wie am ersten Tag und vertraute ihr blind.

So trug es sich zu, dass Alfonso mit Lucrecia beim Nachtmahl saß und Francesco von ihrem Diener gemeldet wurde. Lucrecia hieß den Jüngling alsbald aufstehen und sich in ihrem Nebengemach zu verstecken. Vor Schreck und Furcht seiner Entdeckung durch den Stiefvater, lies der Knabe sein Schnupftüchlein fallen.

Francesco hob das Tuch auf, erblickte das Wappen seiner Familie und schloss daraus, dass der Knabe gegen seinen Willen von Lucrecia bedient wurde. Er behielt seine Fassung und stellte sarkastisch fest. „Lucrecia, diese Serviette ist zweifelsohne die eures Buhlers, also bedürft ihr meine Hilfe fortan nicht mehr!"

Lucrecia antwortete nicht weniger schnippisch. „Ja, Marchese di Pescara", leise fügte sie hinzu, „ich benötige nach den altem Hengst eine Abwechslung. Du, mein edler Marchese hast zuerst die Treue mir gebrochen und bist immer wieder zu deiner Frau zurückgekehrt, so habe ich mir genommen, was mir zustand."

Der Knabe hörte die Stimme seines Stiefvaters in der dunklen Kammer. Angstschweiß trat ihm auf die Stirn, würde Francesco die Tür öffnen und ihn finden, kaum auszumalen, was er für eine Strafe erwarten dürfte. Der Jüngling zitterte am ganzen Leibe, als Lucrecia eintrat, nachdem Francesco wutentbrannt ihr Haus verlassen hatte. Die Frau lachte. Sie nahm den Knaben, der noch immer angstgeweitete Augen hatte, besitzt ergreifend in ihre Arme.

Von diesem Tag an sorgte Alfonso d'Avallos für das aufwendige Leben der Kurtisane. Lucrecia verstand es mit der Drohung, öffentlich sein Doppelleben preiszugeben, auch Francesco an sich zu binden. Sie reiste mit ihm von einem Kriegsschauplatz zum anderen. Lucrecia und Alfonso, der Angst vor der Entdeckung der Stiefmutter hatte, verstanden es Vittoria immer wieder zu täuschen, die auch ihrem Mann nach reiste. So sah sich das Ehepaar sehr selten, weil Francesco und Alfonso vor ihrer Ankunft immer wieder neue Quartiere an einem anderen Ort nahmen. Erst nach Francescos Verletzung, infolge der Schlacht bei Pavia, gelang es Vittoria ihren Mann zu finden und gesund zu pflegen.

Lucrecia war an einer Geschlechtskrankheit in einem Kloster gestorben und konnte nicht weiter ihre Intrigen gegen das Paar spinnen. Erst auf dem Krankenlager erkannte Francesco, dass er Vittoria, die er jahrelang mit seiner Kurtisane betrogen hatte, liebte. Auch erkannte Francesco, dass Alfonso von der Kurtisane Lucrecia verdorben wurde. Neben seinen guten Seiten, der von Vittoria ihm übereignete Dichtkunst und dem von Francesco geförderten Kriegshandwerk, hatte er List und Heimtücke kennen gelernt.

Stolz berichtete Alfonso seinen Kameraden von seinen amourösen Abenteuern, die Francesco zugetragen wurden. „Immer wieder nahm die Begierde von mir Besitz", begann Alfonso. „Die Kurtisane Lucrecia hatte mich so in die Geheimnisse des Liebesspieles eingeweiht, so dass ich nicht mehr davon lassen konnte.

Ich liebte die Gattin eines Feindes unseres Feldherren. Immer wieder zeigte ich der Dame meines Herzens meine Zuneigung. Jedoch konnte ich mich der guten Meinung der Geliebten nicht versichern, weil ich die Gelegenheit sie zu versuchen, nicht hatte. Denn das Gegengewicht meiner Begierde war der eifersüchtige Ehemann, der wiederum an Informationen von mir, für seine Strategien interessiert war. Ich konnte indessen meinen Trieben nicht widerstehen. So ersann ich ein schlichtes Ding, um einen leichten Durchgang zu einer glückseligen Gelegenheit zu haben. Ich lud den Geschäftsmann zu einem klärenden Gespräch an unseren Hof ein.

Da er sehr eifersüchtig war, was ich auch bezweckte, brachte er seine Gattin mit. Nach dem Abendessen reichte ich ein Glas Wein, in welches ich einen Schlaftrunk für den Mann mischte, danach begab sich das Paar ins Schlafgemach. Ich war schon vorher in die Kammer gegangen, versteckte mich unter dem Bett und wurde Zeuge der Gespräche. Dabei erkannte ich die Doppelzüngigkeit des Verräters und dass seine Frau ihm gegenüber eine keusche Treue frönte.

Die Ehe des Paares war bisher noch nicht vollzogen wurden, weil der Mann unter einer seltsamen Krankheit litt. Die Frau ließ erkennen, dass sie bereit zu Liebesübung war und zeigte ihre aufkommenden Triebe. Der Schlaftrunk fing an in dem Mann seine Wirkung zu verrichten, er ließ von seiner Frau ab und schlief spontan ein. Nicht einmal das liebkosende Scherzen, in welcher er zum Umfassen angemahnt wurde, half dem lüsternen Weib, sie drehte sich weinend zur Seite. Ich zog sanft den Mann an den Rand des Bettes.

Die Frau bemerkte unter ihren Tränen nicht, dass ich mich inzwischen zu ihr gelegt hatte. Zärtlich berührte ich meine Angebetete. In der Meinung sie habe ihren Gatten in den Armen, empfing sie mich voll Freude und Glückseligkeit. Sie fiel alsbald in eine Liebesmattigkeit die den Sinn freimacht, erholte sich aber sehr schnell wieder. So begrub sie ihre Zunge in meinen Schlund, um damit anzudeuten, dass sie nicht reden wolle, sondern in welcher Pose sie ihren Gatten erwarte. Mit einem tiefen Seufzer vergrub sie sich in meinen Schoß. Noch vor dem Morgengrau schlich ich mich aus dem Bett des Ehepaars.

Den folgenden Tag nach meiner Gewohnheit gar früh ging ich mit dem Ehemann hinaus, um mich mit ihm auf die Jagd zu begeben.

Der Mann berichtete von seiner Mattigkeit nach dem festlichen Mahl und das ihm seine Frau am

Morgen so leidenschaftlich und dankbar verabschiedet habe.

Er machte sich über seine Frau lustig, dass sie ein Liebesabenteuer erlebte und fest davon überzeugt war, dass sie es nicht geträumt hatte.

Damit war ich sicher, liebe Freunde, dass beide nichts von meinem Hilfseinsatz mitbekommen hatten und die Frau meine Leistungen anerkannte. Ich war überzeugt, meine Hilfe noch öfters zu leisten. Nichts ließ mich in meinem Verlangen aufhalten, wegen der immer stärker werdenden Lust zu der Frau unseres Widersachers. Ich versuchte auf ein Neues mein Glück.

Nachdem ich endlich meine Angebetete beim Lustwandeln im Park allein antraf, erinnerte ich sie an ihren Traum in der letzten Nacht und gab mich zu erkennen. Sie zog mich sofort ins Dickicht und wollte Beweise verspüren. Danach trafen wir uns täglich im Park. Wir waren so unverschämt, dass wir auch des Nachts unsere Übungen neben dem Ehemann, wie am ersten Abend fortsetzten. Die Dame wurde von mir so abhängig, dass sie alle Geheimnisse ihres Mannes mit mir teilte. So erfuhr ich die Kriegspläne seiner Fürsten."

Die Kameraden warnten Alfonso. „Hab Acht, dass die Dienerschaft deiner Gespielin euren Verrat dem Gehörnten preisgibt und dich, um seine Ehre wiederherzustellen, ermorden lässt!"

Dazu ist ein Zweikampf auf dem Feld der Ehre bestens geeignet, stellte auch sein Stiefvater Francesco zornig fest.

Die Versuchung des Pescara

(Novelle von Conrad Ferdinand Meyer)

Während der Abwesenheit des Ehemannes verkehrte die Marchesa de Pescara in den kulturellen Kreisen des aragonesischen Hofes von Neapel oder in Ischia. Dort pflegte sie freundschaftliche Kontakte mit britischen Schriftstellern, Capanio, Chariteo, Sannazzaro und Galeazzo Tarsia, diese bewunderten Vittorias Frömmigkeit in ihren Schriften und Gedichten. Im Jahr 1517 heiratete die zauberhafte Constanza d'Avallos, Schwester von Alfonso del Vasto und Cousine von Ferrante, Alfonso Piccolomini, Herzog von Amalfi. Im gleichen Jahr fand in Neapel eine andere noch prunkhaftere Hochzeitsfeier für Bona Sforza mit dem König von Polen statt. Vittoria Colonna nahm an der Feier teil und beschrieb diese Hochzeit in einem Gedicht. Vittoria fühlte sich in der Weltöffentlichkeit nicht wohl, sie zog sich in die Gärten von Ischia zurück. Im Jahr 1520 wurde Ferrante zum Botschafter für Aachen ernannt, das war die höchste Auszeichnung eines Aragonesen. Er nahm an einer Sitzung in Aachen teil, dann übernahm Ferrante ein Mandat als Botschafter am Parlament in Neapel, in der Kirche Santa Maria des Monte Oliveto, in der Nähe von Vittoria, die in Rom weilte. Nach dem Tod seines Großvaters Maximilian im Jahr 1519 erhielt Karl V., der Große, das Zepter und die Krone von Deutschland. Vittoria nahm an der Krönung nicht teil, sie hielt sich in Rom auf, in der Nähe ihres Vetters, dem ehrenwürdigen Kardinal Pompeo Colonna und Papst Leon X. Bei diesem Anlass lernte Vittoria, Baldassar Castiglione und Pietro Bembo, den Sekretär des Papstes kennen, das war der Beginn einer literarischen Brieffreundschaft. Des Weiteren berichtete ein Chronist, der sich verkleidete unter die Menschenmenge gemischt hatte, dass möglicherweise die Marchesa di Pescara ihre erste Begegnung mit Michelangelo Buonarroti bereits bei der Hochzeit von Asconio Colonna mit Giovanna d' Aragona hatte. Es war eine unbeschwerte politische Zeit. Nach dem Tod von Leo X., folgte der deutsche Papst Hadrian VI., von flämischer Herkunft, wenig beliebt in Italien, dazu schürte er noch die Feindschaft mit Franz I. und Karl V. Prospero Colonna und der Marchese von Pescara kehrten nach langer Zeit zu Vittoria zurück. Aus dem traurigen Anlass des Todes ihrer Mutter, Agnese da Montefeltro, welcher später auch der Vater Fabrizio und der jüngere Bruder Federico folgten. In jener Zeit machte sich Ferrante gegenüber Prospero Colonna schuldig, er missachtete den Befehl, verließ die Armee und begab sich nach Madrid, um sich bei Karl V. vorzustellen und sich zu beklagen. Welcher jedoch die Absicht durchschaute, denn auf Ferrante und seine Anhängerschaft war ein Schatten gefallen. Ausgehend von seiner Stellung organisierte Pescara eine Verschwörung. Im Jahr 1523 starb plötzlich Prospero Colonna durch Gift. Ferrante übernahm die Führung des Heeres. Er kämpfte, um die Vorherrschaft das Königreich Neapel und die Lombardei für Karl V. zu erschließen. Kurz danach, in der Schlacht bei Pavia 1525 machte Francesco viele Gefangene. Seine Strategie war die Feinde in einen Hinterhalt zu führen. Dieser Erfolg verschaffte ihn unverhofft Ansehen, damit konnte die Vorherrschaft der Spanier in Italien fortgesetzt werden. Die Kurie organisierte auf Anregung des Bischofs Gian Metteo Giberti einen Komplott gegen Karl V. mit Unterstützung der Allianz und vieler italienischer Städte. Girolamo Marone, Kanzler von Sforza, hatte den Einfall, Ferrante, der einer der besten Kriegsherren dieser Epoche war in den Komplott mit einzubeziehen, damit diese Aktion erfolgreich endet. Nach der Offerte von Papst Clemens VII., dass nur der Marchese de Pescara mit seiner Unterwürfigkeit zur Krone von Neapel, diesen Plan ausführen kann, wurde von Morone dem Marchese der schmeichelnde Vorschlag unterbreitet, selbst das Königreich Neapel zu regieren. Bestimmt durch die Treue zur Krone und der historischen familiäre Geschichte abweichend, ohne politische Motive berechtigt, sollte er jenen Verrat begehen. In einem Brief an ihren Ehemann, auf Wunsch ihrer Gläubiger lies Vittoria wissen, dass sie die Krone als befleckt, ansehe, als eine fragwürdige Loyalität. Als Ehefrau sei sie jedoch geehrt „ja gut, für einen großen Hauptmann, welcher im Krieg und Frieden mit Edelmut gewinnt, dem gebührt die Königswürde." Ferrante gelobte bei seinen Verhandlungen Spanien die Treue. Nachträglich jedoch besann er sich auf den Vergleich von Vittoria, es war für ihn eine einmalige Möglichkeit eine Regentschaft zu übernehmen. *(Nachzulesen in „Die Versuchung des Pescara")*

Der Tod von Ferrante

Am 30. November des Jahres 1523 erhielt Vittoria die Nachricht, dass Ferrante im Gefecht vor Pavia verwundet wurde, nach einem Gerücht soll er vergiftet worden sein, weil er den Verrat von Morone unterstützte. In großer Liebe und Leid um den Tod ihres Ehemannes suchte Vittoria den Papst auf und bat sich, in das Nonnenkloster von San Silvestro zurückziehen zu dürfen. Clemens VII. gab dazu keine Einwilligung. Vittoria ergriff trotzdem den Schleier. Der Papst, die Kirche und die Nonnen des Klosters San Silvestro trösteten die Witwe. „Omnibus spiritualibus et tempora-libus consolationibus." .

Doch ihr Misstrauen unter dem Strafbann überwog. „Circa mutationem vestium vidualium in monasticas". Am 7. Dezember 1525, eine Woche nach seinem Tod wurde Francesco in der Sakristei von San Domenico Maggiore in Neapel beigesetzt. Für Vittoria begann eine lange Zeit der Traurigkeit, von ihrer Familie waren wenig geliebte Menschen übrig geblieben.

Das Oberhaupt war nun ihr Bruder Asconio. Ein schwieriger und temperamentvoller Mann, mit einer andauernd unzufriedenen Ehefrau, der sich mit Alchemie beschäftigte. Seine Frau widmete ihre Anhänglichkeit und Treue dem Papst. Vittoria widmete Asconio ein Sonett.

Als er das Script las, meinte er: „Ich erkenne die intelligenten Fähigkeiten, besonnen ihre Meinung und Phantasien niederzuschreiben." Asconio kannte Vittorias Wunsch den Schleier, zu nehmen. Er half ihr diplomatisch sich nicht dem Papst entgegenzusetzen, sondern im Hause der Colonna zu leben. Nach einer Zeit der schweren Trauer gelang es ihm, seine Schwester zu überzeugen, in das Haus der Eltern, nach Marino zu gehen. In den Jahren der Trauer versuchte Vittoria mit einer Literaturserie das Ansehen ihres Mannes, zu reparieren. Sie beteuerte immer wieder seine Unschuld um das Haus d' Avalos, zu versöhnen.

So verkaufte sie Grund und Boden des Marchese de Pescara an die darauf wirkende Abtei Montelaßino.

Zu dieser Zeit begann sich um Neapel ein spiritueller Kreis von Persönlichkeiten um den Prediger Giovanni Valdes, zu versammeln. Vittoria schloss sich diesem Kreis an.

Aus Anlass der Pestepedemie zog sich Vittoria nach Ischia zurück. Später verlegte sie ihren Wohnsitz nach Rom. Hier nahm die Marchesa de Pescara die Position ein, mit ihrer Gunst eine Religiosität zu unterstützen, die sich mit der Erneuerung der inneren Welt der katholischen Kirche beschäftigte. Am 18. Mai 1526 gründete ein Diplomat des Vatikans einen Orden. Ludovico da Bassio und Ludivico Raffaele da Fossanbrone predigten mit der Absicht, auf die ursprüngliche Bedürftigkeit des Evangeliums zurückzukehren. Im Jahr 1529 akzeptierte Papst Clemens VII. mit Nachsicht diese Bemühungen. Jedoch im Jahr 1534 wurde wütend die päpstliche Duldung zurückgenommen. Vittoria setzte sich für die Neuerung der Kirche ein, sie beteuerte immer ihre Treue zum Papst und der Hierarchie der katholischen Kirche. In Anbetracht der hervorragenden Rolle der Marchese de Pescara auf Ischia und Rom konnte sie die Unterdrückten unterstützen.

Vittoria Colonna – Erste Dame von Rom

Vittoria Colonna erwartete Karl V., der seinen Besuch in Rom angekündigt hatte. Der Kaiser war ein langjähriger Freund der Familie Pescara in Neapel.

Erst als Karl V. Rom besucht, bittet Michelangelo Tommaso Kontakt zur Marchesa de Pescara herzustellen. Er wusste, dass die Marchesa eine einzigartige Dichterin und bedeutendste Frau Italiens war. Der 60-Jährige machte sich bei diesem Wunsch keine Hoffnungen, so wusste er, dass diese unerreichbare Frau erst das 46. Lebensjahr erreicht hatte und seit dem Tod ihres Gatten bei ihrem Bruder Asconio Colonna, im Palast auf dem Quirinal wohnte.

Die meiste Zeit verbrachte die hohe Dame im Kloster, wo das Haupt von Johannes dem Täufer aufbewahrt wurde und führte das enthaltsame Leben einer Nonne.

Michelangelo hörte, dass Vittoria Colonna unter dem Verlust ihres Mannes litt, der 1522 in der Schlacht bei Ravenna verwundet und von seiner Frau gesund gepflegt wurde und drei Jahre später in einer heldenhaften Schlacht bei Pavia fiel. Es war ihm auch bekannt, dass sie Nonne werden wollte, doch der Papst Clemens VII. duldete diesen Schritt nicht. Sie widmete ihre ganze Kraft und ihr Vermögen den Armen und unterstützte die Errichtung eines Konventes. Ihre Gedichte zählten zu den wichtigsten Ereignissen des 15. Jahrhunderts.

Tommaso de Cavalieri, Sprössling einer Patrizierfamilie, lernte Michelangelo vor seiner Abreise nach Florenz, wo er die Medici Kapelle fertig stellen sollte, kennen. Tomaso war ein klassisch, schöner Mann, mit kobaltblauen Augen, er glich Adam, zu dem der Lebensfunke von Gottvater überspringt.

Michelangelo zeichnete Adam in der sixtinischen Kapelle vor 24 Jahren, genau zu diesem Zeitpunkt als Tommaso geboren wurde. Der Meister glaubte an Wunder. Michelangelo fand große Zuneigung zu Tommaso, das einzige Porträt was er von ihm zeichnete, zeigt dessen Gesicht gemalt mit schwarzer Kreide. Mit Unterstützung von Tommaso entwarf und zeichnete Michelangelo das Jüngste Gericht. Tommaso de' Cavalieri, Michelangelos Schüler, Weggefährte und Inspiration lies sich bei der Marquise von Pescara melden und trug seine Bitte vor.

„Lieber Tommaso, es ist mir schon lange ein Bedürfnis den bedeutendsten Künstler aller Zeiten Buonarroti zu empfangen und ihm für seine wunderbaren Werke zu danken!"

Tommaso verfolgte mit der Begegnung das Ziel, dass die Marquise von Pescara, Michelangelo dem Kaiser Karl V. vorstellt. Dabei konnte Michelangelo gegen die Entwicklung in Florenz intervenieren. Der Kaiser wollte jedoch seine uneheliche Tochter Margareta mit dem gehassten Alessandro verheiraten, der über Florenz mit seiner despotischen Herrschsucht nur Not brachte. Mit der Verbindung würde die Macht von Alessandro noch verstärkt. Vittoria hinterfragte die Interessen von Michelangelo und erfuhr von Tommaso, dass dem Künstler auch ihr Schicksal bekannt war. Also wusste der Maestro, dass sie die erste Dame in Rom war sowie Gedichte und Sonette schrieb. Was wusste er jedoch von ihrem Leid an der Seite von Ferrante, der vor 10 Jahren vergiftet wurde. Michelangelo durfte und sollte es nie erfahren. Sie war die Schwester von Asconio Colonna, der im Palast auf dem Quirinal lebte. Als Witwe hatte sie sich nach dem Tod ihres Mannes in das Kloster zurückgezogen, den Schleier durfte sie nicht nehmen, der Papst war dagegen, trotzdem führte Vittoria das Leben einer Ordensschwester.

Sie betrieb ihr Latein- und Griechischstudium weiter, schrieb Gedichte und Sonette. Ihre Mission war das Errichten eines Konvents für arme Mädchen, die mangels Mitgift keinen Ehemann fanden. Dank ihrer Hilfe konnten diese Mädchen den Schleier nehmen und als Nonne Gott dienen.

Vittoria hatte Tommaso und Michelangelo bereits vor dem Besuch des Kaisers ins Kloster von San Silverstro al Quirinale gebeten. Sie saß auf einer Steinbank inmitten einer Gruppe von vornehmen Herren im Schatten der Lorbeerbäume, geschützt im hinteren Klostergarten an der Efeuumrankten Klostermauer. Als sie Tommaso gewahrte, stand sie auf und ging den Neuankömmlingen entgegen. Sie war sichtlich aufgeregt Michelangelo Buonarroti, der ein begnadeter Künstler im Dienste des Pontefix war, nach so langer Zeit zu begrüßen und den anderen Herren vorzustellen. Die Marquise von Pescara reichte Tommaso die Hand und danach Michelangelo, der sie ganz verklärt anstarrte. Er hatte eine alternde Frau in Nonnentracht erwartet, vor ihm stand eine wunderschöne, anmutige stolze Dame mit funkelnden grünen Augen, die ihn mit ihrer warmen Stimme herzlich ansprach. Michelangelo dachte an die erste Begegnung in Ischia mit der zierlichen

Vittoria, die ihr Lied „Ave Maria" über die Zinnen des Castellos geschmettert hatte, sie war mit den Jahren zu einer atemberaubenden Schönheit geworden, die nur einer Gottesgabe gegenübersteht und die Reformierung des Priesterstandes vorantreiben will. Ich habe Sorge, dass auch in Rom die Inquisition, wie in Spanien eingerichtet wird und derartiges Aufbegehren als Ketzerei verfolgt!"

Tommaso zeigte auf Vittoria, „sieh Michelangelo, die Marquise von Pescara hat Mut und setzt ihre Stellung als erste Dame von Rom aufs Spiel!" Am Abend verfasste Michelangelo das;

Lutherlied

Ein Knabe wandert über Land
in einem schlichten Volksgewand,
Gewölke quillt am Himmel auf,
er blickt empor, er eilt den Lauf,
stracks fährt ein Blitz mit jähem Licht
und raucht an seiner Ferse dicht,

so ward getauft an jenem Tag,
des Bergmanns Sohn vom Wetterschlag.

Schmal ist der Klosterzelle Raum,
drin lebt ein Jüngling dumpfen Traum,
er fleißigt sich der Möncherei,
dass er durch Werke selig sei.
Ein Vöglein blickt zu ihm ins Grab,
"Luthere", singt's, "wirf ab, wirf ab,
ich flattre durch die lichte Welt,
derweil mich Gottes Gnade hält."

In Augsburg war's, dass der Legat,
ein Mönchlein auf die Stube bat,
es war ein grundgelehrtes Haus,
doch kannt er nicht die Geister aus.
Des Mönchleins Augen brannten tief, ,,

dass er: „Es ist, der Dämon!" rief -
du bebst vor diesem scharfen Strahl?
So blickt die Wahrheit, Kardinal!

Jetzt tritt am Wittenberger Tor,
ein Mönch aus allem Volk hervor.
Die Flamme steigt auf seinen Wink,
die Bulle schmeißt hinein er flink,
wie Paulus schlenkert' in den Brand,
den Wurm, der ihm den Arm umwand.
Und über Deutschland einen Schein,
wie Nordlicht wirft das Feuerlein.

In Worms sprach Martin Luther frank,
zum Kaiser und zur Fürstenbank:

"Such, Menschenherz, wo du dich labst!
Das lehrt dich nicht Konzil noch Papst!
Die Quelle strömt an tiefrem Ort,
der lautre Born, das reine Wort
stillt unsrer Seelen Heilsbegier -
hier steh ich und Gott helfe mir!"

Herr Kaiser Karl, du warst zu fein,
den Luther fandest du gemein -
gemein wie Lieb und Zorn und Pflicht,
wie unsrer Kinder Angesicht,
wie Hof und Heim, wie Salz und Brot,
wie die Geburt und wie der Tod.
Er atmet tief in unsrer Brust.
und du begrubst dich in Sankt Just.

"Ein feste Burg" - im Lande steht,
drin wacht der Luther früh und spät,
bis redlich er und Spruch um Spruch,
verdeutscht das liebe Bibelbuch.
Herr Doktor spricht! Wo nahmt Ihr her,
das deutsche Wort so voll und schwer?
"Das schöpft ich von des Volkes Mund,
das schlürfe ich aus dem Herzensgrund."

Herr Luther, gut ist Eure Lehr,
ein frischer Quell, ein starker Speer:
Der Glaube, der den Zweifel bricht,
der ewgen Dinge Zuversicht,

des Heuchelwerkes Nichtigkeit-
ein blankes Schwert im offnen Streit!
Ihr bleibt getreu trotz Not und Bann
und jeder Zoll ein deutscher Mann.

In Freudepulsen hüpft das Herz,
in Jubelschlägen dröhnt das Erz.
Kein Tal zu fern, kein Dorf zu klein,
es fällt mit seinen Glocken ein.

"Eine feste Burg" - singt Jung und Alt
der Kaiser mit der Volksgewalt:
"Eine feste Burg ist unser Gott,
dran wird der Feind zu Schand und Spott!"

Die Glocken der Klosterkirche läuteten und riefen die Nonnen zur Andacht. Vittoria verabschiedete sich von den Herren und schritt aufrechten Ganges der Kirche zu. Sie fühlte ihr Herz seltsam klopfen. „Was ist das, dieses Gefühl habe ich seit Jahren nicht mehr verspürt. Nein ich will nicht mehr leiden, es darf keine Liebe mehr entstehen, ich muss mich Gott im Gebet anvertrauen, " sprach sie wehmütig leise aus.

Michelangelo konnte Tommaso seine Gefühle nicht verbergen, als die beiden Männer die Monte Cavallo hinuntereilen, wand sich der Ältere an den Jüngling, „Ich konnte mich an dieser schönen Frau nicht sattsehen, ich sehne schon heute ein Wiedersehen herbei, wie lange wird es dauern Tommaso, bis sie mich erhört?"

Tommaso lächelte bei seinen Worten, „die Marchesa di Pescara ist sehr zurückhaltend, wenn sie es für Richtig hält, wird sie einen Boten senden. Ich habe geahnt, dass sie an ihr Gefallen finden werden, üben sie Geduld lieber Freund."

Vittoria meinte nach zwei Wochen wieder eine Zusammenkunft im Kloster abhalten zu können. Sie beauftragte ihren Diener, Michelangelo zu bitten, ihr ein wenig von seiner Zeit zu widmen. Als der Diener die Zusage brachte, strahlten ihre grünen Augen. Am folgenden Sonntag kleidete sie sich besonders sorgsam an. In einem weißen Seidengewand mit Spitzenmantille schritt sie majestätisch den Weg zur Klostermauer entlang. Hier erwartete sie ein aufgeregter Verehrer, dem man in diesem Augenblick seine 60 Jahre nicht ansah. Sein Blick verfinsterte sich, als er hinter der Angebeteten eine Gruppe von Geistlichen des Vatikans und Künstler entdeckte.

Vittoria begrüßte ihn herzlich, alle gruppierten sich um die schöne Frau, die es sich auf der Steinbank bequem gemacht hatte. Michelangelo stellte sich verstimmt abseits und verfolgte teilnahmslos die Gespräche. Völlig verstört blickte er die Anderen an, als sie ihn nach seiner Meinung fragten. Dabei kam ihm Vittoria zu Hilfe, denn sie wusste, dass sie die Ursache der Verstimmung war. Sie dachte, „ist es fair, diesen Mann, der seine Verehrung mir gegenüber so offen zur Schau träg, so zappeln zu lassen?"

Sie begann über seine Werke zu sprechen und erhielt von den Zuhörern uneingeschränkte Zustimmung.

„Liebe Freunde, sie sehen dem Meister seine Bescheidenheit an, jedoch in der Sixtina hat er in seiner Darstellung der Schöpfungsgeschichte für die Menschheit einen unschätzbaren Wert geschaffen."

Bei diesen Worten sah sie ihn verheißungsvoll an und hauchte nur für ihn vernehmbar, „sie haben eine göttliche Gabe, die sie nicht von dieser Welt erhielten, Signor Buonarotti."

Nachdem die Anderen sich entfernt hatten, bat Vittoria Michelangelo um eine private Unterredung. Sie erklärte ihm, dass der Papst ihr den Bau eines Nonnenklosters am Fuße des Monte Cavallo genehmigt hatte. Sie habe dazu einen würdigen Platz ausgewählt, neben dem Portikus des Turms von Maeccenas. Sie wünschte von Michelangelo, dass er sich das Gelände ansehen und einige Skizzen für die Bauausführung entwerfen möge. Hoch erfreut erklärte Michelangelo, dass er die Zeichnung in zwei Tagen fertig habe und sie ihr mit seinen Gedanken bringen werde. Sie erschrak, „nein lieber Freund, es bedarf keiner Eile, das Kloster hat mir noch sehr viel Arbeit auferlegt, ich werde meinen Diener beauftragen die Zeichnungen abzuholen."

Vittoria sah die Enttäuschung in den Augen von Michelangelo. Danach trennten sich die Beiden, jeder ging seinen Gedanken nach, ihre Herzen rasten.

Michelangelos Leidenschaften

Michelangelo prägte die Verehrung zu dem sechzigjährigen Pontefix Julius II. über den Tod hinaus. Julius II. verwechselte das Kruzifix ständig mit dem Schwert, führte Kriege und zwang Michelangelo zur Gehorsamkeit und zu hohen Leistungen. Beide waren starke Persönlichkeiten, duldeten keine Kompromisse und fremde Meinungen.

Noch eine Gemeinsamkeit verband diese starken Menschen, der Beinamen „il Terribles – die Schrecklichen", wenn es um ihre Wissensgebiete ging. Sie respektierten sich, waren aufbrausend, herrisch und stolz. Julius war der Neffe von Papst Sixtus IV., deshalb forderte er vom Michelangelo das legendäre Deckengemälde. Julius bat Michelangelo schon zu Lebzeiten, sein Grabmahl zu bauen, nach dem Baubeginn verwarf er diese Pläne. Julius forderte von Michelangelo eine in Bronze gegossene Skulptur zu schaffen, die später von den Papstgegnern zu einer Kanone umgegossen wurde. Dann verlangte er die Ausgestaltung der Decke in der Sixtinischen Kapelle. Als Michelangelo ablehnte, drohte er ihm. Weil der Künstler widersprach, schlug er ihn mit dem Stock.

Michelangelo verließ Rom aus Trotz und flüchtete nach Florenz. Julius holte ihn zurück. Die Päpste nach Julius Tod, Söhne von Medici, forderten vom Michelangelo mehr Kunstwerke, so konnte er das Grabmahl von Julius nicht fertig stellen und stand unter Druck durch Julius Erben.

Seine Gefühle für Tommaso waren einer anderen Art, sie glichen nicht der Verehrung für Il Magnifico, der kindlichen Liebe zu Contessina oder der wilden Leidenschaft für Clarissa.

Der junge Mann war ein Geschenk für Michelangelo, eine unerklärliche Liebe, die so spät in sein Leben trat. Er erklärte sie als eine Anbetung der Schönheit, der körperlichen Vollkommenheit des Jünglings.

„Tommaso war sein Adam, zu dem der Lebensfunke vom Gottvater überspringt!"

Wenn er nachdachte, wie er sich fühlte, als er aus der Phantasie heraus, an die Decke die Konturen des Jünglings malte, prickelte es in seinem Inneren. Seine Illusion von der Vollkommenheit wurde genau zu diesem Zeitpunkt geweckt. Michelangelo ließ sich das Wunder, dass er nach 24 Jahren, diesem Mann begegnen musste, der in seiner Phantasie Modell gestanden hatte, nicht ausreden. Michelangelo litt unter der Liebe zu Tommaso, wie in der ersten Liebe zu einem Mädchen. Er empfand Freude bei seinem Erscheinen und Gefühle der Verlorenheit, wenn dieser Abschied nahm.

Der Künstler widmete der Schöpfung schöner Menschen in Marmor und in Farbe sein ganzes Leben, weil er diese Schönheit als Gottes höchstes Gnadengeschenk ansah. Seine Menschen sind schön, weil er ihnen eine Seele gegeben hatte. Sie sprechen zu den Betrachtern, assoziieren Empfindungen, Gefühle und Leidenschaften. Wie die Pieta, der Moses, die sixtinischen Gestalten und andere.

Erste Sonette schrieb Michelangelo für Clarissa, schlank, hoch gewachsen, goldene Haare, mit einer grazilen Gestalt von zarter Sinnlichkeit. Nach seiner Flucht aus Florenz nach Bologna, infolge der Stürmung des Palastes der Medici.

Er konnte auch Contessina, Tochter von Il Magnifico, seine Jugendliebe, nicht vergessen.

Der lang erwartete Kaiser, Karl V. besuchte nach der Papstaudienz die Marchesa de Pescara. Die Michelangelo zu einer Begegnung im Garten von Silvestro al Quirinale einlud.

Der Kaiser des Heiligen Römischen Reiches, ein stolzer wie sturer Monarch, sagte mit wohlwollender Miene zu Michelangelo.

„Die Marchesa de Pescara versicherte mir, dass sie der einzigartigste Künstler aller Zeiten sind, was in meinen Kräften steht, werde ich für sie und ihre Landsleute in Florenz tun."

Aus Dankbarkeit zu der hohen Frau begann in Michelangelo sich ein großes Gefühl zu regen. Die Liebe zu Vittoria Colonna änderten Michelangelos Gefühle zu Tommaso in keiner Weise. Fünf Stunden täglich arbeiteten sie an den Zeichnungen. Wobei der Meister von dem Jüngeren verlangte, die Zeichnungen mehrfach zu ändern, ständig war er unzufrieden, insgeheim jedoch freute sich Michelangelo über die Fortschritte des jungen Künstlers. Papst Paul III. lobte Tommaso und ernannte diesen zum Konservator der römischen Brunnen.

Das Ende einer unerfüllten Liebe

„Lieber Tommaso, ich fand ein Gedicht von Vittoria, das mich an ihrer großen Liebe zu Francesco zweifeln lässt", erklärte Michelangelo besorgt seinem jungen Freund.

Du weißt, Geliebter, nie suchte ich zu fliehen

dein süß Gefängnis, nie das teure Joch

mir abzuschütteln; nie erstrebte ich doch,

was einst ich die geschenkt, die zu entziehen.

Die Zeit vermochte nichts: Die Liebe blieb

ein fester Knoten. Reifte dann und wann

auch rautenbittre Frucht mir nur heran,

der schöne Baum ist mir immer lieb.

Nun sahst du deinen scharfen Pfeil mir dringen

den Pfeil, vor dem sogar der Tod versagt –

tief in der Brust und hörtest ihren Schrei;

Oh lös die Fesseln, die mein Herz umschlingen!

Bisher hab ich nach Freiheit nie gefragt,

doch heute fleh ich: Gib mich wieder frei!

Tommaso wurde von Neapolitanern, die mit dem Marchese de Pescara im Feld standen, unterrichtet. Völlig aufgelöst teilte er Michelangelo das gehörte mit.

„Tatsache ist, der Marchese de Pescara hat seine Frau zu keinem Zeitpunkt so geliebt, wie es bei Eheleuten Brauch ist. Kurz nach der Hochzeit hat er sie verlassen, um in den Kriegsdienst des Kaisers Maximilians einzutreten.

Auf seinen Feldzügen von Neapel bis Mailand hurte Pescara herum. Er belog seine Frau nach Strich und Faden, bei seinen Lügen war er sehr erfinderisch. Er beging Doppelverrat, den Schändlichsten an seinem Kaiser, danach verriet er seine Mitverschwörer.

Dafür starb er weit ab vom Schlachtfeld - an Gift." Vittoria Colonna darf nicht erfahren, dass wir die Wahrheit kennen.

Nunmehr erkannte Michelangelo in Vittorias keuschem Wesen, dass sie mit Francesco die Ehe nie vollzogen hatte. Er wusste jetzt, dass sie unberührt war, sich nie einem Mann ergeben hatte, deshalb wollte sie auch den Schleier nehmen.

Als 46-jährige war sie zu einer aufopferungsvollen Liebe, der Fleischeslust nicht mehr in der Lage.

Deshalb umgab sie sich immer mit vielen Begleitern, um einer Begegnung nur mit Michelangelo auszuweichen. Er war deshalb immer verärgert und dokumentierte seinen Unmut, indem er sich bei den Begegnungen immer abseits von der Gruppe setzte. In ihm kam der Verdacht hoch, dass diese schöne Frau zu sehr gelitten hatte, um eine Beziehung mit einem Mann einzugehen.

Er, Michelangelo war anders. Fühlte sie nicht, dass er mit seinem gesamten Wesen ihr verfallen war? Trotz seiner tiefen Gefühle, der alles verzehrenden Leidenschaft und erblühenden Liebe zu Vittoria änderten sich Michelangelos Gefühle zu Tommaso nicht. Er unterrichtete ihn streng und das war für Tommaso ein Beweis, dass er von dem Meister toleriert wurde.

Zur gleichen Zeit bedankte sich Papst Paul bei Michelangelo für die Arbeit in der Sixtina - den 300 Menschen aller Völker - und erließ eine Breve, in der Michelangelo Bounerroti zum Bildhauer, Maler und Architekt des gesamten Vatikans ernannt wurde.

Kurz darauf erhielt Michelangelo eine Einladung in die Colonna Gärten. Vittoria kam ihm allein entgegen. Er sah auf, sein Blick hatte eine Strahlkraft die ihr in Mark und Bein drang. Sie brach bei der Begrüßung mitten im Satz ab und fragte besorgt, „was ist geschehen mein Freund?"

Da spürte der Mann, dass auch von ihr ein zartes Pflänzchen Zuneigung ausging. Sie rief ihm jedoch allein zu sich, weil sie sich von ihm verabschieden wollte, ihm persönlich Lebewohl sagen. Er entdeckte erst später, dass die Geliebte schwarz gekleidet war, eine schwarze Mantille bedeckte ihr schönes Haar.

Michelangelo stieß erregt hervor, „sie sind wirklich verbannt?"

„Ja, ich soll Rom noch heute verlassen."

„Wann werden wir uns wieder sehen?"

„Wenn Gott es will, leben sie wohl mein lieber Freund."

Michelangelo fühlte sich nach ihrem Weggang einsam, er zog sich zurück und arbeitete weiter am Jüngsten Gericht.

Er sah an die Decke, ahnte dass die Hände, die sich nie erreichten, sein Leben waren.

Erst verlor er Contessina nun Vittoria, sein Herz schmerzte. Zeit und Raum flossen zusammen. Noch nie hatte es ein Künstler vollbracht, die Schönheit des menschlichen Körpers so wahrheitsgetreu darzustellen.

Vittoria schickte Michelangelo aus der Verbannung eine Gedichtsammlung und er zeichnete für sie in den Wintermonaten, als es in der Sixta zu kalt war, eine heilige Familie und eine Pieta.

Du öffnest, Sklave, deinen Mund,
doch stöhnst du nicht.
Die Lippe schweigt.
nicht drückt, Gedankenvoller, dich

die Bürde der behelmten Stirn.
Du packst mit nerviger Hand den Bart,
doch springst du, Moses, nicht empor.
Maria mit dem toten Sohn,
du weinst, doch rinnt die Träne nicht.

Ihr stellt des Leids Gebärde dar,
ihr meine Kinder, ohne Leid!
So sieht der freigewordne Geist
des Lebens überwundne Qual.
Was martert die lebendge Brust,
beseligt und ergötzt im Stein.
Den Augenblick verewigt ihr
und sterbt ihr, sterbt ihr ohne Tod.
Im Schilfe wartet Charon mein,
der pfeifend sich die Zeit vertreibt.

Michelangelo und seine Statuen

Der Mann war von Vittorias zärtlicher Zuneigung beflügelt und empfang wieder schöpferische Kräfte für seinen Fries in der Sixta. Er traf sie einmal an einem Wasserfall in der Nähe des Verbannungsortes. Aufgelöst freute sich Michelangelo auf die Begegnung mit Vittoria. Er schrieb auf ein Stück Papier.

„Bitte sag mit Amor, ist's die Wahrheit, seh' ich meine Liebste, Schönheit glänzen, oder wohnt ein Bild in meines Geistes Grenzen, das vertausendfacht der Anmut Klarheit?"

Der Lilienteich zu ihren Füßen spiegelte Vittorias liebliches Gesicht wider. Sie reichte ihm die Hand.

Dann hörte er Stimmengewirr, wieder waren sie nicht allein. Eine Gruppe diskutierender Männer kam ihnen entgegen.

Vittoria kehrte krank, Monate später nach Rom ins Kloster San Silvestro zurück. Michelangelo wollte sie sehen. Nach langem Bitten sah er sie im Klostergarten wieder.

Sie saß, die Hände gefaltet auf einer Bank, auf dem Kopf trug sie einen Schleier, die Krankheit hatte sie gezeichnet.

Sie sprach leise, „ich wollte euch diesen Anblick ersparen, lieber Freund."

„Ich liebe sie, warum haben sie sich vor mir verborgen?"

„Ich suchte Vergebung und Frieden mit der Kirche, diese fand ich hier im Kloster."

Die Frau sprach so, als hätte sie von der Welt Abschied genommen. Michelangelos Herz krampfte sich zusammen, als er sich verabschiedete.

Einige Tage später wurde Michelangelo am Abend, in den Cesarini Palast, den Wohnsitz der Cousine von Vittoria gebeten.

Der Arzt sagte Michelangelo, „die Marchesa de Pescara wird den Sonnenaufgang nicht mehr erleben."

Michelangelo wachte bei ihr. Seine unerfüllte Liebe war friedlich eingeschlafen.

Das feine Seidenhemd mit dem Spitzenkragen war am Hals geschlossen, eine Seidenhaube bedeckte das Haar. Michelangelo war verzweifelt, er hauchte einen Kuss auf ihre kalte Hand. Ihr Gesicht hatte friedliche Züge und war unerklärlich schön. Der Mann spürte Tränen über sein Gesicht laufen, er erhob sich und stürzte aus dem Raum.

Die Äbtissin teilte Michelangelo wenig später mit, dass die Marchesa de Pescara nach Neapel überführt wurde und nun neben ihrem Gatten ruht. Michelangelo hatte dabei einen bitteren Geschmack im Munde.

Er liebte Vittoria, auch sie hatte ihm ihre Zuneigung bekundet. Eine Ironie, der Marchese der seine Frau betrogen hatte, würde sie nun bis in alle Ewigkeit sein Eigen nennen.

Michelangelo arbeitete für den Papst mit Tommaso weiter. Als er seine Kräfte schwinden fühlte, sprach er zu Tommaso.

„Bringe mich nach Florenz, zu meiner Familie, das ist mein Letzter Wille!"

„Alles wird geschehen, wie ihr es wollt."

„Ich danke dir mein junger Freund, ich bin unendlich erschöpft."

Tomaso küsste ihn zärtlich auf die Wange und stand weinend am Bett seines Meisters und Schöpfers. Michelangelo schloss die Augen, er sah sein Leben vorüber ziehen.

Vittoria streckte ihm ihre Hand entgegen und er sah das Deckengemälde der Sixtina. Er war Adam und Gott streckte ihm die Hand hin. Ein helles Licht leuchtete dem Heimgegangenen entgegen.

Michelangelo – Kurzbiographie

Freie Übersetzung von CM. Groß, nach der minimalen Biographie von Silvia La Padula, erschienen bei IMAGAENARIA 1998

Kindheit und Lehrzeit in Florenz von 1475 - 1492

Am 6. März 1475 wurde Michelangelo als zweiter Sohn des landadligen Gutsbesitzers und Richters Ludovico Buonarroti Simoni, in Capresen im Casentino geboren. Er besuchte die Lateinschule in Florenz. Gegen den Willen des Vaters begann der begabte Junge 1489 seine Lehre bei dem Maler Domenico Ghirlandalo. Bereits nach einem Jahr erkannte er, dass nicht die Malerei sondern die Bildhauerkunst sein Lebensziel war und er wechselte zur Kunstschule von Lorenzo d' Medici über. Er wurde von Bertoldo di Giovanni unterrichtet. Im Jahr 1489 fand der talentierte Schüler Aufnahme in dem Palast von Lorenzo d' Medici, Il Magificos. Michelangelo kehrte nach dem Tod von Il Magificos 1492 ins Elternhaus zurück. In dieser frühen Schaffensperiode entstanden; die Maske eines Pfaus, das Flachrelief „Maria mit Kind an der Treppe" und „Die Kentaurenschlacht" sowie eine Herkules Statue und ein Holzkreuz.

Im Jahr 1496 rief der Bankier, Jocopo Galli den begabten Michelangelo nach Rom. Es entstand der „Trunkene Bacchus". Zwei Jahre später erhielt der junge Buonarroti den Auftrag für St. Peter eine Pieta zu schaffen. Danach kehrte Michelangelo nach Florenz zurück und fertigte aus einem Marmorblock die Kolossalstatue des David „Il Gigante", die er 1504 vollendete. Im Folgenden entwarf er Zeichnungen für das Wandgemälde „Die Schlacht bei Cascinia" für den Palazzo Vecchio, ein marmornes Rundrelief und die „Brügger Madonna".

Bildhauer des Klerus und der Medici

Papst Julius II. rief 1505 Michelangelo nach Rom, um ein Grabmahl zu entwerfen. Eine Bronzestatue, die Michelangelo von 1506 – 1508 für Papst Julius II. entwickelte und goss. Mit dem Auftrag des Papstes die Decke in der sixtinischen Kappelle auszumahlen, unterbrach Michelangelo von 1508 – 1512 die Arbeit am Grabmahl und setzte später das Projekt fort. Im Jahr 1516 stellte er fest, dass ihm der passende Marmor fehlte. Von 1517 – 1518 brach Michelangelo Marmor in Carrara und Pietransanta. Da erreichte ihn der Auftrag, die Fassade von San Lorenzo, in Florenz zu gestalten.

Mit dem gebrochenen Marmor fertigte er von 1518 – 1520 „Christus mit dem Kreuz" und den „Sieger".

Aus Geldmangel konnte er die Fassade nicht fertig stellen, sie blieb unvollendet. Im darauf folgenden Jahr begann Michelangelo mit der Arbeit des Grabmahles seiner Gönner, den Medicis. Von 1520 – 1534 arbeitete Michelangelo an dem Bau und der Gestaltung der Cappella Medici. Er schuf für die Gräber der Medici die Sitzbilder „Giuliano de Medici und Lorenzo de Medici" sowie die liegenden Figuren der vier Tageszeiten und die Madonna. Während der Entmachtung der Medici 1527 unterbrach Michelangelo die Arbeiten, schloss sich der Gegner der Medici an, wurde Republikaner und Kriegsbaumeister für den Festungsbau um Florenz. Reumütig setzte er nach der Rückkehr der Medici 1530 den Bau am Grabmahl fort.

Bildhauer, Maler und Architekt in Rom

Im Jahr 1534 kehrte Michelangelo endgültig nach Rom zurück, um das Grabmahl für Julius II. nach fast 20-jähriger Pause zu vollenden. Vom Papst Paul III. erhielt Michelangelo zusätzlich den Auftrag eine Darstellung des „Jüngsten Gerichts" und zwei monumentale Wandbilder, „Die Bekreuzigung des Saulus" und „Die Kreuzigung Petri" in der Sixtinischen Kapelle zu zeichnen. Diese Arbeiten führte Michelangelo bis 1550 durch. Er fand zusätzlich Zeit zwei Marmorstatuen für das Julius-Grabmahl, zu fertigen. Dann verlangt der Papst von Michelangelo 1547 die

Übernahme der Bauleitung für St. Peter. Michelangelo beugte sich dem Wunsch des Pontefix und wurde Bauleiter des Palazzo Farnese. Am 18. Februar 1564 starb Michelangelo erschöpft in Rom.

Michelangelos Abhängigkeit zu Medici

In dem Palazzo der Medici wurde Michelangelo gefördert und mit Privilegien ausgestattet. Il Magnifico, wie Lorenzo de Medici genannt wurde, hatte die Begabung des jungen Künstlers erkannt und ihn den Weg geebnet, indem er Michelangelo in seinem statuenreichen Akademiegarten bei San Marco von dem berühmten Bildhauer Bertoldo unterrichten ließ. Der Medici-Papst, Leo X. und gleichfalls ein Medici, der Nachfolger Clemens VII., nutzte die Fähigkeiten des Künstlers, zum Wohle der Medici. Sie verziehen Michelangelo seine Aufmüpfigkeit während ihrer Vertreibung aus Florenz. Er durfte am Familiengrab weiterarbeiten. Auch Michelangelo verzieh den Anhängern der vertriebenen Medici die Beschädigung, seines „Giganten David" in der Nacht zum 15. Mai 1504, der vor dem Haus der Signora von Florenz aufgestellt werden sollte. David wurde als Befreiungssymbol gegen die Medici angesehen – weil David in der

Geschichte sein Volk verteidigte und mit Gerechtigkeit regierte. Trotz und Furcht bestimmten Michelangelos Verhältnis zu den Medici's, die ihn benutzten und mit Wünschen und Aufträgen terrorisierten. Er baute aus Frust als Kriegsbaumeister die Festung um Florenz, um sich und die Stadt vor den Medici zu schützen. Durch Verrat nahmen die Medici 1531 Florenz wieder ein. Dem gütigen Papst Clemens VII. hatte es Michelangelo zu verdanken, dass er in Gnade wieder aufgenommen wurde und bedingungslos für die Medici arbeiten durfte. Michelangelo hielt sich nach dem Tod von Papst Clemens VII. in Rom meist in den Kreisen der Medicigegner auf. Michelangelo bewahrte seine politisch-patriotische Haltung zu seiner Vaterstadt Florenz sein Leben lang und vermischte sie mit einem hohen künstlerischen Selbstgefühl.

Michelangelo der Revolutionär

Michelangelo betrachtete mit zunehmendem Alter seine Auftraggeber als Fronherren, die ihn zwangen und hetzten. Als Jüngling studierte er die Proportionen der Körper an Leichen, die er heimlich im Kloster von Florenz sezierte. Das half ihm Muskeln, Arme, Leiber Original getreu im Bewegungsspiel zu gestalten.

Er benutzte das Thema „Heilige Familie" zu artistischen Körpergruppierungen. Damit sprengte er die theologisch-religiöse Kunst der Spätgotik. Michelangelo schuf die Religion des Leibes, die gewaltige Auferstehung des Fleisches anhand seiner Zeichnungen und steinernen Kunstwerke. Er hatte damit einen Schritt gewagt, der alles in Frage stellte und an der Macht des Klerus rüttelte. Michelangelo erschuf etwas Gegenwärtiges, Unvergängliches – den wahren Menschen und seine Körpersprache. Obwohl der Künstler im Dienst einiger Päpste stand, kam er unweigerlich auch in den Verdacht des Lutherismus und der Ketzerei. Michelangelo setzte seinen Stil fort und überzeugte den Klerus von seiner Genialität. So wehrte er sich mit Terribilität gegen Aufträge, die ihm von seiner künstlerischen Auffassung nicht gefielen, dabei weitete er die Aufträge ins Ungeheuerliche aus. Seine Gegner und Bewunderer duckten sich vor dem Ausmaß und der Zumutung, die Michelangelo in seinen Werken darstellte und durchsetzte. Für sie waren die Kunstwerke gigantisch, erschreckend und ungewohnt zugleich. Der Liebe widmete der alternde Michelangelo Gedichte und Sonetten an Vittoria Colonna seiner spirituellen Freundin und dem jungen Maler Tomaso. In Tomaso de' Cavaliere sah er die Vollendung, jugendlicher männlicher Schönheit, er liebte diesen 24-jährigen Jüngling abgöttisch. Tomaso trug die Züge von Adam, mit seinen kobaltblauen Augen und dem klassisch schönen muskulösen Körper, den Michelangelo aus der Phantasie gemalt hatte. Von Gottvater war zu Adam durch die offenen Hände der Lebensfunke übersprungen.

Michelangelo und Vittoria

Im Jahr 1538 traf Vittoria mit Michelangelo das erste Mal in Rom zusammen. Dann begegneten sie sich an einem Sonntag, während des Oratoriums in San Silvestro. Das war der Beginn einer aufrichtigen Freundschaft und einer der wichtigsten Abschnitte in ihrem Leben. Sie führten Konversationen um Literatur und Poesie, aber auch Gespräche über Schriften in Rom, des Inn- und Auslandes. Wenn Vittoria nicht in Rom, in dem Palast ihrer Familie residierte, begegnete sie Michelangelo im Kapitel des Klosters San Silvestro. Sonntags nahmen auch weitere Persönlichkeiten des öffentlichen Lebens, des Vatikans und Intellektuelle an den Gesprächskreisen über christliche Literatur teil. Zeitzeugen berichteten von einer tiefen wahren Freundschaft zwischen der Marchese und Buonarroti. Dieser fertigte ein Portrait der Marchesa „Göttliche

Darstellung" an und überreichte ihr das Bild als Geschenk. Bis zur Begegnung mit Michelangelo hatte Vittoria ihren verstorbenen Gatten über 1000 Sonette gewidmet. Der Umgang zwischen dem Papst und der Familie Colonna wurde immer frostiger. Er tadelte die Colonna als Verfechterin des aufstrebenden Roms. Alessandro Farnese, Mitglied einer italienischen Adelsfamilie aus dem Gebiet Orvieto, wurde 1534 zum Papst Paul III. gewählt. Er nutzte seine Macht aus und übertrug während seiner Herrschaft seinem Sohn Pier Luigi das Herzogtum Parma und Piacenza. Vittoria unternahm immer wieder Versuche einer Aussöhnung zwischen den beiden Adelsfamilien Colonna und Farnese zu erreichen. So unterstützte sie das Ansinnen, die Enkeltochter des Papstes, Vittoria Fernese mit Fabizio Colonna zu verheiraten. Das scheiterte daran, weil der Sohn des Papstes, Pier Luigi vom Charakter her genauso ein Rebell wie Vittorias Bruder Asconio war. Als autorisiert unternahm Vittoria weiter Versuche zwischen den Anführern von Farnese und den Truppen von Asconio Colonna zu vermitteln. Dazu reiste sie nach Orvieto. In der Burg wurde sie gefangen genommen. Der Stadthalter von Orvieto war ein Verbündeter von Fanese. Er verehrte die Marchese, ließ sich persönlich bei ihr melden und machte ihr einen Antrag. Sie solle eine Wiederverheiratung mit ihm in Betracht ziehen. Ihr Bruder Asconio wurde währenddessen jubelnd in Neapel empfangen. Mit der Genehmigung des Papstes verließ Vittoria Orvieto. Sie litt zu dieser Zeit schon an Erschöpfung, da ihre Illusion, die gegnerischen Parteien und den Papst zu einen, fehlschlug. So schrieb sie ein Sonett für Paul III. Sie brachte darin ihren Kummer, dass nicht Krieg sondern Frieden die zwei Familien eint, zum Ausdruck. Ab 1543 lebte Vittoria wieder in Rom, im Kloster von Sant' Anna. Der Vorwurf der Ketzerei gegen sie wog schwer. Ihre unbeständige Gesundheit belastete die Freundschaft zu Michelangelo sehr.

Nach einer ernsthaften Erkrankung übereignete die Marchese de Pescara ihren Nachlass dem Kloster. Am 25. Februar starb Vittoria in Anwesenheit von Michelangelo in seinen Armen. Er stellte verzweifelt fest, ich habe nie ihren Mund und Stirn küssen können. Asconio teilte mit dem gebrochenen Mann den Schmerz, um eine bedeutende Frau des mittelalterlichen Roms. So sprach Michelangelo die Worte, „der Tod nahm mir eine begnadete Geliebte."

Autorenvita

Groß, Carla-Maria

CM Groß, * 1949 in Dresden
Dipl. Verwaltungswirtin (FH)

Ausgezeichnet: Dresdnerin des Jahres 2000, „Dame de Grace" und „Ehrenritterin" des Ordens OESSM

2003/2004 Fernstudium „Kreatives Schreiben" Hobbys: Camping, Filmbearbeitung und Malerei, Romane und Lyrik erschienen im Cornelia Goethe Literaturverlag Frankfurt, 2005 „Gehetzt in Kampf um die Wahrheit"

Folgende Bücher erschienen u. a. bei Bod: „Dresden Saga", „Dresden - historischer Reiseführer", „Saxonia, die erste deutsche Dampflokomotive", „Die Dresdner Friedrichstadt auf alten Ansichtskarten", „Hund-Geschichten", „Abulis, krankhaft Willenlos" und E-Books.

CM Groß gibt Hilfe und Unterstützung für Hobbyautoren beim Schreiben und Illustrieren von Sach- und Kinderbüchern; „Schwarzbuch der Zeitarbeit", „Mehr als ein Kochbuch - eine Herausforderung für die Sinne", „Dresdens verlorener Sohn" sowie „Gute Nacht Geschichten", „Sonny und Freunde" und „Familie Langohr in Not"

Quellen:

Il Quatrante S.r.l. Turismo d' Ischia, stellte Material zur Verfügung; Kleine Biografie „Vittoria Colonna" von Silvia La Padula, mit Bildvorlagen von Sebastiano del Piombo, für die Zeichnungen von CM Groß ,
Biographie Michelangelo, Irving Stone,
Novelle von CM Meyer „Die Versuchung des Pescara",
Italienische Hurenspiegel v. Ferrante Pallavicino/ Übersetzung von 1655 und Bruder Ignatzius.

Eine fachkundige Beratung erfolgte von Herrn Reinhold Redlin-Fluri/CH, bedeutendsten Militärhistoriker des deutschen Sprachraumes.

Weitere Romane vom CM Groß:

„Karl der Große und die böhmische Fürstin Libuša - Dresden Saga"

Der Roman führt die Leser in die Regierungszeit von Karl dem Großen.

In einem Sumpfwaldgebiet im Land der Slawen, wird im Jahr 782 n. Chr. an einer Furt ein Kind gefunden, das die Gabe hat, die Zukunft vorauszusagen. Große Herrscher bedienen sich der Gabe des Knaben.

Karl der Große (742 bis 814), Herrscher von Gottes Gnaden, den Gott mit der Erkenntnis der Wahrheit ausgestattet hat, sieht seine Mission in der Christianisierung der Ungläubigen. Die Politik des Frankenkönigs führt weit in die Zukunft, dabei ist seine Ostpolitik von großer Bedeutung. Bereits 777 beginnt Karl der Große mit der Einteilung von Sachsen. Er setzt in den Gemarkungen fränkische Adlige als Grafen ein.

Im Jahr 782 wird er als „Sachsenschänder", wegen des Blutbades von Verdun, an der Aber, bezeichnet. Jedoch Karl der Große schenkt den Slawen mehr Aufmerksamkeit, als dem Sieg über die Sachsen. Er ist sehr intensiv mit Kämpfen gegen die Slawen beschäftigt, aus denen er sehr spät erfolgreich hervorgeht. Karls Name ist für die slawischen Völker so beeindruckend, dass sie daraus das Wort König, „Kral", bilden. Nach der Einverleibung von Bayern wird das Frankenreich Grenznachbar der Slawen. Karl der Große sichert seine militärische und politische Macht im Südosten durch Marken ab, mit dem Ziel die Christianisierung der Böhmen voranzutreiben. Hier stößt er auf Widerstand.

Libuša beugt sich nicht dem Willen des Frankenkönigs. Die junge Fürstin regiert das Böhmenreich von ihrer Burg Vyšehrad. Sie ist eine Seherin und hat viele Visionen. So sagt sie die Entstehung der Mutter aller Städte (Prag) voraus und die Herrschaft der Dynastie der Luxemburger und Habsburger, die sich alle Fürsten und Lehen Europas zu Untertan machen würden. Karl der Große versteht es, durch strategische Familienbande, das böhmische Herrscherhaus zu unterwandern. Und sich im Jahre 806 Untertan zu machen.

Gedanken zu Europa

Wir leben zwischen Vergangenheit und Zukunft, im "Jetzt", zwischen gestern und morgen!

Indem die Vergangenheit unwiederbringlich ist, können wir auf die Zukunft hoffen.

Unsere Hoffnung ist immer gepaart mit Vertrauen an die Gerechtigkeit und Besonnenheit der Menschen

„Saxonia"

Die erste deutsche Dampflokomotive

ISBN: 9783735721860

Johann Andreas Schuberts Dampflokomotive Saxonia war Metapher der Mairevolution 1849

Der König rühmte Professor Johann Andreas Schuberts Verdienste für das Land Sachsen; Revolutionierung des Dampfschiff-, Lokomotiven-, Maschinen- und Brückenbaus, sowie die Einführung des Titels „Ingenieur" in Deutschland.

Er charakterisierte ihn als einen verdienstvollen Vasallen, dessen einzige Verfehlung die Mitwirkung anlässlich der Mairevolution 1849 war. An der Seite von Gottfried Semper, Richard Wagner und August Röckel kämpfte Johann Andreas Schubert als Kommandeur der Akademischen Legion auf den Barrikaden. Während Weber und Semper in die Schweiz flüchteten, blieb Schubert in Dresden.

Nach 19-jähriger Ehe starb seine, Ehegefährtin, Florentine, Mutter zweier Kinder. Aus der zweiten Ehe mit Sophie Eben entstammen fünf Töchter. Professor Schubert war eine Persönlichkeit, die es verstand Forschung, Lehre und Praxis zu verbinden.

Dresdens verlorener Sohn

von Ruth Kopta / CM Groß

ISBN: 978373540175

Anhand einer deutschen - englischen Familientragödie werden die Kriegsfolgen des 20. Jahrhunderts aufgegriffen.

Die Botschaft des Werkes zeigt den Machtkampf der unterschiedlichen Regime und deren Unversöhnlichkeit, darunter die Aggression des Hitlerregimes gegen die Rüstungsindustrie, die 1940 in Coventry auf Hochtouren arbeitete. In einem deutschen Blitzangriff wurden die Stadt Coventry und die Kathedrale zerstört.

Am 13. Februar 1945 zerstörten britische und amerikanische Bomber nur in 20 Minuten die historische Indt von Dresden. Angeblich waren diese Angriffe den Russen, die bereits vor den Toren von Dresden standen, in Jalta versprochen worden, wofür die Beweise bis heute fehlen. Churchill gab später zu, mit der völligen Zerstörung der Stadt, den Russen die Kampfkraft der westlichen Alliierten dokumentiert zu haben. Strategisch war der Angriff sinnlos, alle Eisenbahnbrücken blieben unzerstört. Dafür starben im Bombenhagel unschuldige Bürger der Stadt, Tausende von Flüchtlingen und unschätzbare Kulturgüter.

Die Kathedrale von Coventry wurde mit deutscher Hilfe „Aktion Sühnezeichen" von 1956 nur innerhalb von 16 Jahren wieder aufgebaut und gehört zu den legendären Stätten der Menschheit.

Hingegen der Aufbau der Dresdner Frauenkirche erfolgte erst nach dem Fall der Mauer. Mit dem Aufsetzen des Turmes im Jahr 2004 gehörte das Elbtal um Dresden zum Weltkulturerbe, das die Stadt durch den Bau der Waldschlösschenbrücke 2009 wieder verlor.